한 사람에게

한 사람에게

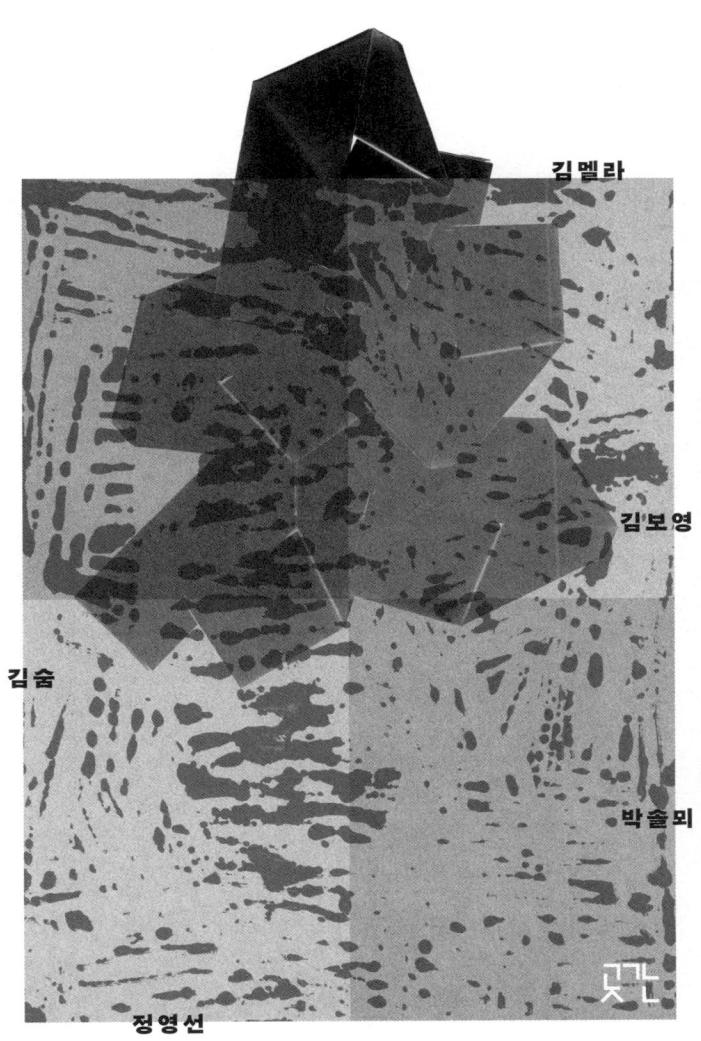

김멜라

김보영

김숨

박솔뫼

정영선

차례

물 먹은
편지

김멜라

한 통의 편지가 온전하려면
읽을 수도, 부칠 수도 없어야 한다.

이 편지는 강물에 휩쓸리는 목소리.

형제들은 그 목소리를 '검저리'라 불렀다. 검은 동굴
에서 태어난, 검은 마음의 형제란 뜻이었다. 검저리는
동굴에 암각화를 새겼다. 돌촉과 늑대 발톱을 번갈아 손
에 쥐고 커다란 독수리를 그렸다. 독수리는 검저리가 한
번도 본 적 없는 이야기 속 새였다. 얼마나 큰지 날갯짓
몇 번에 나무가 쓰러지고 모래폭풍이 인다고 했다. 새를
올려본 사람은 목이 부러질 정도였다. 독수리는 자신의
커다람 때문에 죽은 사람을 불쌍히 여겨 그들의 살점을
뜯어먹었다. 뜯어먹힌 사람은 독수리를 타고 하늘 높이
올라 밤하늘 별이 됐다. 검저리는 어려서 들은 그 이야
기를 돌벽에 옮겼다. 독수리 아래, 목이 꺾인 사람도 새
겼다. 외롭고 고된 작업이었지만 별달리 하고 싶은 일도
없었다. 마침내 암각화를 완성할 무렵, 북풍을 타고 온
'푸른 이마'가 동굴에 나타났다. 검저리는 눈앞에 선 푸
른 이마, 청동 투구에 넋을 잃었다.

'눈부시다…… 칼도 이마도…….'

검저리는 푸른빛에 안기듯 아름다운 청동 칼에 옆구리를 찔렸다. 검저리가 쓰러지자 아들인 '돌삐'가 주룩주룩 울었다. 울면서도 검저리의 정수리를 돌도끼로 찍었다. 숨이 끊어지기 전 그렇게 머리뼈를 부숴줘야 영혼이 빠져나갈 수 있어서였다. 검저리는 봄 맞은 샘처럼 머리에서 피를 뿜었다. 마음 착한 형제들이 검저리를 옮겨 강물에 띄워줬다.

"잘 가, 몸조심해. 다음에 또 만나."

형제들은 물 따라 흘러가는 검저리에게 인사했다. 그들은 강물을 따라 가면 밤하늘의 은하수가 나온다고 믿었다. 형제들은 검저리가 은하수를 무사히 건너길 기도했다. 건너서, 다시금 우리의 형제로 태어나길. 태어나, 다음번엔 늑대나 독수리의 먹이가 되길. 형제들은 강가에 둘러앉아 멧돼지 방광에 넣은 '빨간 꽃잎물'을 마셨다. 모닥불 앞에서 '뜬풀'을 말아 피웠고 가슴을 북처럼 두들기며 노래 불렀다. 강기슭에 해가 기울자 그들은 아껴둔 눈물을 쏟듯 강 보며 시원하게 오줌을 눴다.

그리하여 이 소리는 강물에 휩쓸리는 옛사람의 목소리.

글 모르는 검저리의 흐르는 편지.

검저리는 물과 나란히 누워 구름 낀 하늘을 본다. 물 풀처럼 흐느적거리는 머리칼, 퉁퉁 부은 손마디, 무릎은 뼈가 드러나 있다. 햇살이 구름 사이로 흰 손을 뻗어 검저리의 이마를 데워준다. 굽이치는 물보라가 가슴에 주먹을 날리고, 강바닥의 자갈들이 빠각빠각 물을 씹으며 수군댄다.

"거 참 고생하네. 코가 다 녹았잖아. 뭘 먹었는지 냄새가 지독해."

검저리의 살점이 강물에 쓸려간다. 깊이에 휘몰리고 흐름에 뒤집히며 몸과 물의 경계가 흐려진다. 얼굴에서 얼굴이었던 흔적이 사라지자 갈 곳 잃은 표정과 그 표정에 깃들던 마음이 뽀글뽀글 공기 방울로 솟아난다. 검저리는 물이 되는 와중에도 심하게 목이 탄다. 죽었는데도 배가 고프고 죽었는데도 밤이 두렵다. 죽고 나서도 가슴이 미어지다니…… 수염 난 메기들이 눈동자를 핥아갔음에도 검저리는 하염없이 눈물이 난다. 마음이었던 마음이 끝없이 다른 마음을 부르며 편지를 쓴다. 흙빛 강물에 편지를 띄워 검저리가 살던 곳으로 흘려보낸다. 노루 가죽과 그늘에 걸린 토끼 내장이 강바람을 맞

던 곳. 돌 깨는 소리와 올빼미 울음, 물새들의 그림자가
머리 위로 쉭쉭 날아가던 곳.

  검저리와 형제들은 그곳을 '밍'이라 불렀다. 굽이굽
이 이어지던 강가의 절벽이 그들의 갈대밭에서 미이이
잉— 하고 엎드리듯 어깨가 낮아져서였다. 집터를 둘러
싼 절벽은 폭풍우를 막아주고 햇빛을 모아줬다. 갈대숲
너머 강물은 하나의 줄기를 타고 내려와 사람의 다리처
럼 양쪽으로 갈라졌다. 해 뜨는 데서 흘러온 물은 노루
털 색, 해 지는 데서 흘러온 물은 밝은 토끼털 색이었다.
훗날의 사람들은 그 물을 한탄강이라 불렀다. 그들은 가
파른 현무암 협곡에서 발원한 물과 석회암 지대를 거쳐
온 물을 구분했다. 검저리는 그런 구별은 몰랐다. 노루
나 토끼처럼 어디 늑대가 없나 두리번거리다 강물에 코
를 대고 서둘러 입술을 적실뿐.
  "히야, 물맛 한 번 기똥차네!"
  검저리가 소리치면 강가에 메아리가 퍼졌다. 하지
만, 하지만 검저리가 정말 그렇게 말했을까? 검저리는
다만 팔등으로 입가를 훔치며 커다란 신음을 내뱉지 않
았을까. 설령 무슨 말을 했다 하더라도 그 말을 '한탄강
의 말'로 옮길 수 있을까.

멀리 새가 울고 풀잎이 바스락거린다. 덤불을 헤쳐 가는 노루의 발짓에 키 작은 이파리들이 몸을 떤다. 앞 뒤로 쫑긋거리는 귀와 반짝이며 움찔대는 콧등. 털끝을 휘감는 바람과 기분에 따라 팔랑이는 꼬리.

검저리는 그것들이 다 '말'이라 배웠다. 책 놓고 외 운 게 아니라 살다 보니 알게 됐다. 죽은 토끼의 눈이 보 여줬고, 갓 태어난 다람쥐 냄새가 일러줬다. 끝이라 쓰 지 않는 끝, 탄생이라 소리치지 않는 탄생이 검저리를 길들이고 깨우치게 했다. 이 세상은 결국 먹이와 더 작 은 먹이들의 신음이라는 걸. 먹이들의 엄마 찾는 소리라 는 걸. '엄마, 나 무서워'에서 '엄마, 나 배고파'로 가는
혹은 그 반대로 꺾어 도는
숨소리들의 돌림노래라는 걸.
깊은 밤, 검저리가 돌벽에 암각화를 새길 때면 이따 금 어깨에 검붉은 핏방울이 떨어졌다. 검저리는 고개를 들고 위를 봤다. 천장에 매달린 박쥐가 또 다른 박쥐에 게 피를 토해주고 있었다. 그때 검저리는 그들의 허기짐 과 검정 글씨로 된 '우정'을 읽었다. 안개 낀 낭떠러지에 서 늑대들이 울 때도 검저리는 회색 문장으로 된 '그리

움'을 읽었다. 회색 털의 늑대들은 무리의 형제가 죽으면 밤마다 달 보며 기도했다.

"잘 가! 별로 가! 늑대별로 가서 비 좀 내려줘!"

그 시절 검저리가 살던 세상에선 늑대는 죽으면 늑대별로 갔다. 남은 늑대들은 떠난 형제를 그리며 울었다. 그 울음이 달을 깨물고 구름을 깨물어 달무리와 먹구름을 만들었다. 늑대별의 푸른 섬광이 강물을 살찌운다는 건 시간과 경험이 알려줬다. 한겨울, 늑대별의 푸른 테두리가 맑게 빛나면 다가오는 여름엔 비가 넉넉히 내렸다. 풀과 열매들이 잘 자랐고 그 자람에 기대어 새들과 쥐들이 새끼를 키웠다. 따스한 몸을 배불리 먹은 늑대와 인간도 편히 잠들었다. 훗날의 사람들은 그 별을 '시리우스'라 부르며 빛의 세기와 지구로부터의 거리를 계산했다. 검저리는 그런 수식은 몰랐다. 다만 지상에 어둠이 내리면 볼 거라곤 반짝이는 별뿐이고, 그중 가장 빛나는 별이 마치 늑대의 푸른 눈동자 같다고 느꼈을 뿐. 검저리와 형제들은 밤새 살 떨리는 늑대 울음에 뒤척이며 별빛과 소리가 보내온 편지를 읽었다. 그 편지는 인간들의 잠에 내려앉아 꿈을 만들어주었다. 가장 무서운 순간을 달콤하게 감싸주는 '잘 죽는 꿈'이었다.

'인간님, 겁먹을 거 없어요. 먹힌다는 건 기쁜 거예

요. 늑대에게 잡아먹히면 인간님도 늑대를 따라 별이 되고 비가 될 거예요.'

살아 있을 때 검저리도 그 꿈을 꾸다 깨어났다. 검저리는 달 보며 우는 늑대들에게 약속했다.

"기다려. 살도 내장도 너희에게 다 줄 테니. 아직은 나도 할 일이 있다고."

하지만, 검저리는 약속을 지키지 못했다.

지금 검저리는 흐린 강물에 휩쓸리는 신세.

코와 입술을 잃고, 물 따라 방랑하는 검은 마음.

그 마음은 죽어서도 못 쉬고 자식 걱정에 집으로 간다. 놀란 토끼가 푸덕덕 네발로 뛰듯 초조한 검저리의 마음이 돌길을 뛴다. 서리 낀 풀잎이 종아리를 스치고, 찬 바위 모서리가 발바닥을 찌른다.

저기, 흐릿한 보랏빛 연기가 피어오르는 '밍'이 보인다. 검저리의 집도 있다. 나무로 기둥을 세우고 노루 가죽으로 지붕을 덮은 아늑한 움막이다. 검저리는 솔잎 향이 나는 집안으로 들어선다. 화덕에선 작은 불꽃이 일렁이고 고기를 꿰어 말리던 노루의 정강이뼈가 희끄무레하게 비어 기둥에 걸려 있다. 강도 땅도 얼어붙은 겨울밤, 돌삐는 자기의 꼬리를 베고 잠든 여우처럼 둥글게 몸을 만 채 잠들어 있다. 돌삐란 이름은 '몸돌에서 떼어낸 어여쁜 검돌'이란 뜻이다. 돌삐는 검저리와 가까운 사이였던 필라카가 낳은 아이다. 필라카가 죽은 뒤 검저리는 필라카를 그리워하는 만큼 돌삐를 아끼며 돌삐의 엄마로 살았다. 죽어서도 다시 엄마 목소리를 낼 만큼 애틋하게.

"집구석 꼴 좀 봐라. 여기가 사람 사는 집이야?"

검저리는 발에 치이는 골풀 바구니를 포개며 돌삐에게 다가간다. 잠든 돌삐의 입술을 들추며 이 사이에 낀 이물질을 살핀다. 까만 열매의 씨앗이 보이고, 덜 익은 조갯살 냄새가 난다.

"엄마야? 엄마 왔어?"

돌삐가 잠결에 중얼대며 검저리의 품을 파고든다.

"너 또 늪에 갔어?"

"안 갔어."

"안 가긴 뭘 안 가. 발톱에 진흙이 가득한데. 너 거기 얼쩡거리지 말라고 했어, 안 했어. 뱀한테 물리고 싶어?"

검저리의 다그침에 돌삐가 발딱 일어선다. 가물거리는 눈으로 서서 어깨너비로 두 다리를 벌린다.

"엄마, 이거 봐."

돌삐가 허리를 돌리며 공중에서 두 다리를 휘돌린

다. 막 근육이 잡히기 시작한 소년의 허벅지가 재빠르게 원을 그리며 돌아간다.

"봤어?"

"뭐야, 그게."

"손 안 대고 옆돌기. 다시 봐봐."

돌삐가 다시금 두 다리를 휘젓자 돌삐의 발등에 노루의 정강이뼈가 걸려 바닥으로 떨어진다.

"이눔시끼, 너 집에서 난리 치지 말랬지!"

검저리가 소리치자 돌삐가 풀 죽은 목소리로 꿍얼 댄다.

"이거 진짜 대단한 건데. 이거 나밖에 못 하는 건데."

검저리는 대꾸 없이 불가에 둔 항아리로 간다. 항아리의 바닥을 긁으며 얼마 없는 밀 이삭을 집어 입에 넣는다. 낟알의 껍질을 입안에서 벗겨내며 돌삐의 몸을 유심히 살핀다. 검저리가 밀 껍질을 투, 투 뱉으며 말한다.

"오늘 추아서한테 몇 대 맞았어."

"안 맞았어."

"잘도 안 맞았겠다. 추아서 주먹에 나자빠진 애들이 몇인데. 뭐로 맞았어. 도낏자루? 사슴뿔? 저번처럼 불알 잡아당겼어?"

돌삐는 뒷머리를 긁적이더니 짧은 휘파람으로 개를

부른다. 돌삐가 움막에서 나가자 검저리가 이삭 껍질을
투, 투 뱉으며 중얼거린다.

"추아서, 이 거들먹거리는 자식."

추아서는 추운 겨울에 태어난 사냥꾼 형제다. 실력
좋은 대장에, 소년들의 스승이지만 검저리는 거친 추아
서의 손버릇이 못마땅하다. 그러나 새끼를 맡긴 어미의
심정이 다 그렇듯 대놓고 쏘아붙일 순 없다. 그렇다고
손 놓고 보고만 있을 수도 없는 노릇. 검저리는 바닥에
뒹구는 새털과 조개껍데기를 주우며 추아서를 어떻게
구워삶을지 궁리한다.

궁리하던 그 밤이 움막에서 보낸 마지막 밤.

이제 검저리는 강물에 휩쓸리고 있다.

검저리는 눈물을 쏟듯 남은 피를 흘려보낸다. 코와
입술에 이어 두 어깨가 물살에 깎여간다. 암각화를 새기
느라 굽었던 손, 그 손은 부드러운 물의 감촉으로 사라
진다. 그런 몸, 그런 처지를 하고서도 검저리는 돌삐 걱
정에 마음을 놓을 수 없다. 손을 떠나보내지 못한 채 기
억 속 손을 곰지락거린다. 오므렸다 펼치는, 그 신비롭
고도 단순한 동작을. 검저리는 지상에서 가장 섬세한 손
을 지녔던 종의 자부심으로 편지를 쓴다. 비록 검저리가
쓸 줄 아는 거라곤 흙바닥에 그리는 소용돌이나 엑스 자

뿐이라 해도, 끝나지 않는 모든 마음은 한 통의 편지니까. 검저리는 흐린 물에 누워 하늘을 종이 삼아 못다 한 말을 시작한다. 추아서가 환장하던 밤꿀의 향과 맛도 함께 떠올린다. 검저리는 꿀 한 통을 전하고픈 심정으로 입바른 소리를 시작한다.

추아서 선생님께.
선생님, 저 돌삐 어밉니다. 어릴 적 선생님과 강에서 헤엄치던 친구요. 오랜만에, 아니 처음으로 선생님께 글을 올리니 그 시절 추억이 새록새록 떠오릅니다. 선생님은 물속을 기어다니며 여자애들 엉덩이를 짓궂게 꼬집으셨지요. 저도 몇 번 혼쭐이 났고요. 그땐 몰랐지요. 선생님께서 이리 늠름한 대장 사냥꾼이 되실 줄은요.
선생님이 저희 아이를 점찍으셨던 날도 엊그제 일처럼 생생합니다. 산딸기가 익어가던 여름날, 선생님은 파놓은 함정을 둘러보러 혼자 숲으로 가셨지요. 돌아오는 길엔 어디선가 탕—탕— 나무 기둥 울리는 소리에 걸음을 멈추셨습니다. 그리고 돌삐를 발견하셨지요. 선생님도 아시다시피 돌삐는 해 뜰 무렵 가문비나무 숲으로 가 돌 던지기를 연습합니다. 그날도 돌삐는 키 큰 나무에 동그라미를 그려놓고 벌거벗은 몸으로 돌을 던졌습니다. 어여쁘게 땋아 올린 갈색 머리에, 볕에 그을린 가슴팍, 앙상한 팔과 집요한 눈빛이 딱 선생님의 소년 시절 같았지요. 그 애는 얼마나 열중하는지 선생님이 다가오시는 것도 몰랐습니다. 그때 저는 돌삐의 실력이 얼마나 늘었는지 궁금해 언덕배기에 서서 그 애를 지켜봤습니다. 선생님을 보고선 얼른 달려가 인사드리고 싶었지만 선뜻 발이 떨어지지 않았습니다. 돌삐를 지그시 보는 선생님의 시선이 남달라서였지요. 선생님은 멧돼지 엄니를 엮어 만든 목걸이를 차고 한 손에는 방금 내장을 빼낸 산토끼의 귀를 움켜쥐고 계셨습니다. 선생님의 허리에 찬 돌도끼가 햇빛에 반짝였지요. 언덕에 서 있는 저에게까지 선생님의 땀과 토끼의 피비린내가 진동하는 듯했습니다. 그때 인기척을 느낀 돌삐가 선생님을 돌아봤습니다. 그러자 선생님은 곧장 가래침을 모아 돌삐의 얼굴에 뱉었습니다.

훼!

대장 사냥꾼이라 그런지 선생님은 분비물도 참 많으셨지요.

훼!

훼!

어리숙한 돌삐는 선생님의 침에 범벅이 돼 눈조차

뜨지 못했습니다. 침을 뱉어 자신의 냄새를 묻히는 건 사냥꾼들이 어린 소년을 사랑하는 방법이지요. 그걸 아는 돌삐도 수줍게 침을 모아 선생님께 화답했습니다. 선생님은 그 냄새가 만족스러웠는지 토끼를 내던지고 돌삐를 쓰러뜨렸습니다. 마침 땅에 풀들이 자라 있었기에 망정이지 하마터면 돌삐는 그때 머리가 깨져 죽을 뻔했지 뭡니까. 선생님은 늑대 새끼처럼 돌삐의 몸에 올라타 목덜미를 깨무셨습니다. 한바탕 그 애와 뒤엉키며 돌삐의 팔다리에 어금니 자국을 내셨지요. 선생님 또한 돌삐만 한 소년이었을 때 선배 사냥꾼들에게 둘러싸여 그렇게 침 세례를 받고 여기저기 물리셨으니까요. 얼마나 귀염을 받았는지 소년 추어서는 뺨에 잇자국이 가실 날 없었지요. 선배 사냥꾼들에게 겨드랑이를 꼬집히고, 사타구니를 활짝 벌린 채 돌아가며 냄새를 맡게 했습니다. 어느 짓궂은 선배는 선생님의 그곳을 물고 놓아주지 않아 선생님은 울음을 터뜨렸지요. 그 선배 사냥꾼은 산양 뿔에 치어 다리를 다치셨습니다. 다행히 목숨은 건졌지만 더는 숲을 내달릴 수 없었지요. 선생님은 그분이 숨을 거두실 때까지 정성껏 돌봤습니다. 사냥을 해오면 제일 먼저 그 어른께 생피를 드렸고, 제일 맛 좋은 간을 돌판에 구워 잡숫게 하셨지요. 그 어른이 고기를 씹지 못

할 만큼 약해지자 선생님이 먼저 고기를 씹어 그분의 입
에 넣어주셨습니다. 그분 역시 자기의 뺨에 잇자국을 낸
윗대 선배님을 지극히 보살폈다지요. 아마도 선생님은
우리 돌삐의 고운 마음씨를 알아보신 것 같습니다. 선생
님의 늙은 시절을 맡겨도 좋을 만한 아이로요.

　　돌삐는 선생님 곁에서 나날이 성장했습니다. 멧돼
지가 오가는 길을 익히고, 구덩이를 파 바닥에 나무 창
을 꽂는 함정 만들기도 배웠지요. 바람에 실린 토끼 똥
냄새를 감지하고, 바위 밑이나 덤불에 엎드려 노루를 기
다리는 참을성도 길렀습니다. 돌삐는 아직 몰이꾼 역할
도 채 못했지만, 집에 돌아오면 추아서 선생님을 자랑했
습니다.

　　"엄마 그분은 늑대야! 독수리야!"

　　돌삐는 높이 튀어 올라 멧돼지 등에 창을 내리꽂는
선생님을 흉내 냈습니다. 돌날로 토끼의 배를 가르고 그
피를 이마에 바른 채 죽은 토끼에게 절하는 선생님을 따
라 했지요. 무엇을 얻든 얻지 못하든, 사냥꾼은 언제나
숲의 형제들에게 감사해야 한다는 걸 배웠습니다. 돌삐
는 선생님이 태어나자마자 어미의 젖도 마다한 채 멧돼
지 굴을 찾아 나선 줄 압니다. 저는 말 없이 웃으며 그 애
의 상상을 망치지 않았지요. 어린 추아서가 얼마나 겁

많고 사근사근한 아이였는지를요. 그 꼬마는 개 짖는 소
리에도 놀라 딸꾹질했고, 올빼미 울음이 무서워 어른들
에게 자기 머리를 쓰다듬어 달라는 둥, 배를 만져달라는
둥 밤새 칭얼댔는데 말이지요.

　문득 그 아이 이름에 서린 겨울바람이 떠오릅니다.
밤이 가장 긴 겨울날 새벽에 태어난 아이 추아서. 봄가
을에 태어난 아기들이 따스한 햇볕 아래 사람들의 떠들
썩한 환영을 받는 것과 달리 아기 추아서는 차고 거친 바
람을 첫 숨으로 마시며 숨결이 잦아드는 어미의 품을 떠
나야 했지요. 사랑받기 위해선 사랑받을 만한 일을 해야
했습니다. 제가 아는 추아서는 쫓기는 들쥐, 겁먹은 토
끼, 늑대의 추격을 피해 겨울 강에 들어가 콧등에 서리
가 맺히도록 꼼짝 못 하는 한 마리 노루 같았습니다. 선
생님은 그들의 심정을 누구보다 잘 아셨지요. 끔찍한 결
말을 예상하면서도 미끼에 홀릴 수밖에 없는 그들의 허
기를 잘 알았습니다. 그랬기에 선생님은 자기 마음 보듯
그들의 마음을 느끼며 죽은 토끼의 심장을 손에 쥔 채 토
끼처럼 앞니를 바득바득 가셨던 것이지요.

　하지만 제가 아는 추아서는 돌도끼나 찌르개보다
숲에서 주운 노란색 깃털을 더 좋아하던 소년이었습니
다. 그 소년은 깃털로 팔찌를 만들어 저의 집 앞에 놓았

지요. 보랏빛 은방울꽃과 잘 여문 도토리를 조용히 두고 갔습니다. 비록 제가 그 마음을 받지 못했지만 그 시절 추억만은 향기롭게 간직하고 있습니다. 이렇듯 살점이 쓸려나간 몸이 되어서도 떠올리면 웃음 짓게 되니까요. 아마 선생님께서도 그러시겠지요? 선생님, 제가 없어도…… 제가 없으니…… 우리 돌삐를 더 아껴주실 거죠?

탁한 하늘에서 흙비가 쏟아진다. 흐린 강물이 더 흐려지고 떨떠름한 빗방울이 검저리의 살점을 파고든다. 강물은 앞으로 가지 않고 뒤로 흐르는 것 같다. 그런데 뒤가 어딜까. 위와 아래는 어떻게 구분할까. 두 팔을 잃은 검저리는 그 팔로 가리키던 방향을 잊는다. 두 다리를 잃은 검저리는 무릎에 힘주고 뛰어내리던 강둑과 바위의 높이를 잊고 만다. 게다가 이 물살은 넓게 퍼지는 대신 좁게 거슬러 가는 것 같다. 어쩌면 검저리는 머리가 바위틈에 끼어 그렇게 느끼는지도 모른다. 검저리는 꼼짝없이 머리통이 붙들린 채 급류에 몸통이 뒤틀린다. 목뼈가 부러지고 그 안에 숨어 있던 근육과 힘줄이 씻겨 간다. 핏빛 물보라가 탐스러운 거품을 일으키다 세찬 흙비에 부서진다.

검저리는 그렇게 조금씩 머리를 잃는다.

위와 아래, 높이과 깊이에 이어 머리로 구분하던 앞과 뒤도 잊는다. 그런데도 마음이 남아 자꾸 삶을 돌아본다.

'이럴 줄 알았으면 흘레블레나 실컷 할걸.'

검저리는 흘레블레 움막이 있던 회화나무 그늘을 떠올린다. 나무 뒤엔 뱀 나오는 늪이 있고 둥치 옆으로 크고 납작한 바위가 땅속 깊이 박혀 있었다. 움막에 들어가 흘레블레하는 사람은 작은 돌로 그 바위에 작대기를 그었다. 작대기가 늘어날수록 아기가 태어났고 형제들이 많아졌다. 강이 살찌고 사람도 잘 먹는 시절엔 바위에 새긴 짧은 선이 ∨ ∨ ∨ 모양으로 늘어갔다. 여자와 여자, 남자와 남자도 움막에서 흘레하고 블레했다. 아이들은 괜스레 주변을 얼쩡거리며 나무에 달린 연둣빛 콩꼬투리를 따는 척 야릇하게 흔들리는 움막을 흘깃댔다.

검저리도 그 안에서 즐겁고 포근했다. 하지만 필라카가 떠난 뒤 검저리는 다른 사람과 흘레블레 사이가 되지 않았다. 위기가 찾아온 순간도 있었다. 갓난아기였던 돌삐에게 젖을 줘야 했을 때.

그해 여름은 비가 오지 않아 강이 말랐다. 늑대별의 푸른빛은 희미했고 마른 바람이 강가의 모래를 뿌옇게 휘저었다. 노루와 멧돼지들은 풀을 찾아 먼 데로 떠났고 키우던 개와 돼지는 사람의 먹이가 된 지 오래였다. 얼마 없는 열매와 버섯으로 허기를 채우며 보리가 익기를 기다렸지만 낟알이 작아 가루로 물에 타 먹기에도 모자랐다. 형제들은 속이 아프고 뼈가 저리도록 굶주렸다. 그때 이미 필라카는 돌삐를 낳고 검은 동굴로 옮겨졌기에 검저리가 아기를 맡아 키워야 했다. 하지만 검저리는 아기를 낳은 형제에게 젖을 달라 부탁할 수 없었다. 잘 먹지 못한 어미에게 젖을 꾸는 건 동굴에서 '잘 죽는 꿈'을 꾸라는 소리였다. 추아서가 어렵게 구한 산양의 젖을 돌삐에게 먹였지만, 아기는 배앓이하며 울기만 했다. 검저리는 매일 돌삐를 안고 강가에 나가 아기와 함께 울었다.

　　노란 땅거미가 강둑에 드리운 저녁, 검저리에게 '흰눈머리'가 다가왔다. 머리에 눈처럼 흰빛이 내려앉아 본래 이름 대신 흰눈머리라 불리는 늙은 형제였다. 흰눈머리는 노간주나무 상자에 담긴 '푸른 옷'을 지키는 사람이기도 했다. 푸른 옷은 북풍을 타고 온 옛사람들이 입었다던 신비로운 옷이었다. 형제들은 그 옷이 푸른빛을 낸다는 것만 알 뿐 상자를 열어 보거나 만질 수 없었다. 이제 푸른 옷은 배와 발 부분이 사라지고 이마와 손만 남았다고 했다. 어린 시절 검저리는 그 아리송한 얘기를 흰 눈머리의 딸 '소소리'에게 전해 들었다. 소소리는 어릴 때부터 검저리를 좋아해 푸른 옷을 구경시켜 준다며 검 저리를 구석진 데로 데려가 뺨이나 귀를 잡아당겼다. 노 루 뿔이 돋는 이른 봄날 소소리— 하고 살갗을 파고드는 바람처럼 갑작스레 심술을 부리는 녀석이었다.

그날 검저리가 돌삐를 안고 훌쩍일 때 흰눈머리가 곁에 와 낮게 말했다.

"따라와. 아기를 살려야지."

흰눈머리가 굽은 허리로 앞장섰다. 흰눈머리의 집 은 '밍'에서 굴뚝이 제일 높고 바닥이 널찍한 곳이었다. 안으로 들어서자 시원한 노간주나무 향이 검저리의 코 끝에 스몄다. 천장에서 세 갈래로 쏟아지는 햇빛은 나무 벽에 걸린 회색 산양뿔에 고요하게 어렸다. 검저리는 기 둥에 걸린 노루의 넓적다리와 갈판에 놓인 수북한 호두 에서 눈을 떼지 못했다. 강이 마르고 먹을 게 떨어져도 흰눈머리만은 굶주리지 않았다. 형제들 모두 흰눈머리 가 오래 살아 푸른 옷을 지켜주길 바라서였다.

검저리를 본 소소리가 샐쭉하게 웃더니 품에 안은 아기를 내려놓았다. 돌삐처럼 살구가 익을 때 태어난 소 소리의 딸이었다. 검저리는 흰눈머리의 손짓에 따라 돌

삐를 소소리에게 건네줬다. 소소리는 얄밉다는 듯 가까
이 다가온 검저리의 코를 세게 잡아당겼다. 그러곤 돌
삐를 안고 젖을 주었다. 오랜만에 젖을 문 돌삐는 두 주
먹을 움켜쥔 채 작은 가슴을 들썩였다. 검저리도 주먹
을 꼭 쥐고서 아기를 응원했다. 젖을 준 소소리는 돌삐
를 안아 트림까지 시킨 다음 노루 가죽 위에 아기를 눕혔
다. 소소리는 열이 오르는지 나무통에 담긴 물을 얼굴에
끼얹으며 검저리에게 말했다.

　　"나갈래? 늪에 가서 고기 구워 먹자."

　　순간 검저리는 기둥에 걸린 고깃덩어리를 힐끗 봤
다. 며칠째 멀건 보리 물만 마신 터라 고기라는 말만 들
어도 뱃속이 요동쳤다. 검저리가 잠든 돌삐를 내려보자
그 마음을 알아챈 듯 소소리가 말했다.

　　"걱정마. 엄마가 봐 줄 거야."

　　흰눈머리는 나무함을 등진 채 멧돼지 가죽에 조개
장식을 달고 있었다. 검저리가 머뭇대며 입을 열었다.

　　"동굴에 가야 해."

　　"그놈의 독수리 누가 본다고."

　　소소리가 쌀쌀맞게 말을 받았다. 늪에 가자는 건 흘
레블레 움막으로 가자는 말이었다. 하지만 그래도 될까.
흘레블레를 하는 건 좋은 일이지만, 지금 내가 좋아도

될까. 검저리는 자기 발끝을 보며 더듬더듬 말했다.

"내일도…… 줄 거야? 늪으로 가면…… 우리 아기한
테 계속 젖 줄 거야?"

그 말에 소소리의 표정이 흐려졌다. 흰눈머리도 고
개를 들어 검저리를 봤다. 소소리는 입술을 잘근거리더
니 골풀 바구니를 던지며 소리쳤다.

"꺼져, 동굴로 가! 가서 박쥐 먹이나 돼라!"

검저리는 서둘러 돌삐를 안고 밖으로 나갔다. 놀란
돌삐가 깨어나 울었고 검저리도 눈물이 났다. 도망치듯
갈대숲으로 가자 초록 이파리들이 수수수 바람에 흔들
렸다. 풀 밑에선 개구리가 떼로 울고 풀벌레도 어지럽게
소리냈다. 검저리는 키보다 높은 갈대 사이를 힘겹게 걸
으며 한 번씩 돌삐의 정수리에 대고 숨을 크게 마셨다.
보드라운 아기의 머리카락에 필라카의 흔적이 남아 있
는 것 같았다. 밤하늘을 올려보면 우글거리는 별빛이 필
라카의 목소리로 반짝였다.

'왜 우니? 난 여기에서 이렇게 웃고 있는데.'

아늑한 별 하나가 검저리에게 속삭였다. 높다란 별
에서 은색 끈이 내려와 검저리의 이마를 만져주는 듯했
다. 빛줄기는 검저리의 뺨을 만지고 입꼬리를 당겨 웃는
얼굴을 만들었다. 필라카가 웃던 모습처럼. 필라카, 네

가 웃을 때 입가에 퍼지던 잔물결, 목구멍을 구르던 환
한 소리…… 검저리는 울다가 웃으며 달빛 아래를 걸었
다. 절벽 아래 동굴 입구가 웃는 입처럼 열려 있었다. 검
저리는 나무 막대를 주워 들고 돌밭을 탕탕 두들겼다.
고사리잎에 도사린 뱀이 그림자처럼 돌 틈으로 미끄러
졌다. 동굴 안으로 들어서자 독한 모기떼가 금세 피부에
달라붙었다.

　　"나 왔어. 우리 아기 좀 봐. 배가 불룩해."

　　검저리는 큰 돌을 괴어 만든 단상을 향해 돌삐를 들
어 올렸다. 하얗게 꿰뚫는 멧돼지 엄니와 치솟은 산양의
뿔 아래 필라카의 해골이 놓여 있었다. 그 머리뼈를 보
자 검저리는 피가 돌듯 가슴에 편안한 슬픔이 퍼졌다.
검저리는 뚜껑 달린 골풀 바구니에 돌삐를 눕히고서 부
싯돌을 부딪쳐 모깃불을 만들었다. 귀한 수리부엉이 발
톱과 늑대 발톱을 들고 고르게 깎아놓은 돌벽으로 갔다.
검저리가 벽을 긁기 시작하자 바닥 깊은 데부터 낮은 진
동이 울렸다. 검저리의 손짓에 따라 동굴이 몸을 떨었
다. 그 떨림은 마치 필라카의 기척 같아서 검저리는 쉼
없이 돌벽을 긁었다. 손가락이 저리고 팔이 뜨거워질수
록 필라카와 더 가까워지는 것 같았다. 검저리의 입술에
서도 마음에 고인 이야기가 흘러나왔다. 그렇게 검저리

는 필라카를 향해 그치지 않는 편지를 썼다. 동굴에서 그리고 흐린 강물에 누워.

필라카,

너는 갈대에 흰 꽃이 피는 가을에 태어났지. 너의 이름을 부르면 나는 하얀 털뭉치처럼 이리 휘고 저리 기울다 씨보다 가볍게 날아갈 것 같아. 부르지 않아도, 머금기만 해도 필라카— 하고 마음에 그리면 나는 어느새 우리의 갈대숲으로 돌아가지.

"나랑 같이 밤으로 갈래?"

달 아래 귀뚜라미 잡던 날, 너는 나에게 다가와 말했어. 너는 너만의 '말'을 지어내 말했지. 같이 밤으로 가자고 했고, 노루가 되자고 했어. 다른 형제들은 늪으로 가흘레블레를 하자고 했지만, 너는 모닥불 앞에 누워 밤새서로의 눈을 바라보자고 했지. 너는 커다란 노루 가죽을 옆구리에 낀 채 나를 초대했어. 나는 어리둥절한 얼굴로 너를 따라 강가로 갔지. 강물 소리가 잔잔히 들리는 곳에 자리 잡은 너는 나무를 모아 불을 피웠어. 발과 발 사이에 나무 조각을 모아놓고 손바닥에 막대를 대고 빠르게 돌렸어. 나도 네 곁에 앉아 판자에 마른풀을 올리며 불길을 키웠지. 그러다 네가 나를 보며 물었어.

"왜 그래?"

"어? 뭐가?"

"왜 침을 흘려?"

나는 놀라 입술을 다물고 표정을 가다듬었어. 그땐 부끄러워 말하지 못했지만, 나는 불 피우는 사람이 그토록 아름답게 보인 건 네가 처음이었어. 한쪽 무릎을 세운 자세와 나무판을 고정한 발가락, 길고 튼튼한 두 팔…… 너는 서두르지 않으면서도 판자에 뚫린 새김눈을 정확히 겨냥해 불씨를 일으켰지. 내 마음에도 너를 향한 작은 불이 타올랐어. 너는 따듯한 물에 박하잎을 넣어 연둣빛 차를 만들었고, 새 부리 모양으로 깎은 나무컵에 담아 나에게 건넸지. 우리는 투둑투둑 불티가 튀는 모닥불 앞에 앉아 한동안 말이 없었어. 나무 타는 냄새가 우리의 숨에 스몄고 동그란 쥐들이 온기를 찾아 먼 데서 서성거렸지. 너는 큼지막한 노루 가죽을 펼치며 네가 만든 '노루 되기'가 어떤 건지 말해줬어.

"같이 가죽을 덮고 눕는 거야. 그렇게 누워서 서로를 보는 거야."

"왜?"

나는 무릎에 턱을 댄 채 네게 물었어.

"서로의 눈빛을 기억해야 하니까."

"왜에?"

"잊지 않게. 나중에 은하수를 건널 때 잊지 않고 기억할 수 있게."

나는 또 '왜'라고 묻고 싶었지만, 그 말을 하는 너의 목소리가 쓸쓸해 말을 삼켰지. 너는 나에게 '노루 되기'의 규칙을 말해줬어.

"볼 수는 있지만 만져선 안 돼. 서로의 몸에 손을 대선 안 돼."

"왜 안 되는데?"

내가 묻자 너는 밤하늘을 올려봤어. 나도 따라 까만 하늘을 봤지.

"별을 만질 수 있어?"

"없지."

"나도 그래. 나한테 지금 너는 별이야."

순간 나는 별 하나가 이마에 떨어진 것처럼 얼굴이 달아올랐어. 동굴에서 태어나 어릴 때 해골물을 비우며 살던 내게 그런 말을 해주는 사람은 없었으니까. 너는 노루가 되는 동안 우리가 할 수 있는 것들을 말해줬어. 같이 얘기를 나눌 수 있고 뭔가를 먹을 수도 있다고 했지. 깜박 잠이 들거나 중간에 싫증이 나면 모닥불을 떠나도 좋다고 했어. 하지만 서로 몸이 닿을 순 없는데, 몸이 닿아버리면 말과 눈빛이 닿을 수 없기 때문이랬어.

'왜에? 왜 그런 건데?' 나는 자꾸 아이처럼 궁금증이 차올랐어. 너는 대체 언제 그런 걸 다 생각한 걸까? 나랑 같이 밤을 보내려고 이런 놀이를 지어낸 걸까? 너는 노루 가죽을 덮고 누우며 또 궁금한 게 있냐고 물었어. 나는 숨을 고르듯 말을 고르며 작은 목소리로 말했어.

"다른 사람이랑도…… 할 거야?"

너는 웃음을 터뜨리고는 노루 가죽을 올려 내 자리를 만들어줬지.

"이리 와."

나는 너와 닿지 않게 조심하며 노루의 품속에 안겼어.

필라카, 네 말이 맞았어. 몸이 사라져도 기억은 남아서 나와 함께 흐르고 있어. 머리를 잃어도, 손발이 사라져도 너와 보낸 기억은 몸보다 깊은 데 새겨져 여전히 내 앞에 아른거려. 언제나 고요하게 감긴 너의 한쪽 눈, 그 눈꺼풀을 가로지르는 붉은 선과 무늬. 그 상처는 네가 아이였을 때 오소리를 피해 달아나다 참나무 가지에 찔린 거였지. 나는 그 흉터를 오래 바라봤어. 그 안에서 오직 나만이 거니는 좁은 길을 발견했으니까. 나는 조용히 깨달았어. 내가 평생 그 길을 헤맬 거란 걸. 필라카, 너는 별 보듯 서로의 눈을 보자고 했지만 네가 말한 별은 눈동자가 아니었어. 닫힌 눈꺼풀이, 네가 감은 눈으로 보던 더 깊은 어둠이 내가 바라봐야 할 별이었지.

너는 한눈을 감은 채 내게 이야기를 들려줬어. 네가 좋아하는 '밍'의 풍경들을. 강물이 뜨거워진 여름 그늘에서 낮잠 자는 오리들, 얕은 데로 강을 건넌 새끼 노루가 사방으로 투명한 물방울을 튕기며 몸을 터는 아침, 발 젖는 걸 싫어하는 삵, 한겨울 얼어붙은 강을 흰 배로 미끄러지는 족제비…… 나는 너를 향해 두 눈을 크게 떴지. 네 목소리가 내 안에서 헤엄치라고. 너를 보고 네 목소리를 들은 뒤부터 나는 아름다운 것을 찾으려 애쓰지 않았어. 그런 밤엔 늑대 울음도 무섭지 않았지. 배불리 먹지 않아도 등이 꼿꼿해지는 기분이었어. 네가 코를 만지면 나도 코에 손이 갔고 네가 팔로 머리를 받치면 나도 따라 그렇게 했지. 아무 말 없이 보고만 있어도 지루하지 않았어. 너의 이야기는 흥얼거림이나 노래로 이어졌고, 어느 날엔 노루의 무릎뼈로 만든 피리를 불었지. 그리고 겨울이 지나 봄이 되자 우리는 두툼한 노루 가죽을 발치로 밀쳐낸 채 매일 같이 잠들었어.

돌탑 아래에서 내가 일할 때면 너는 내게 다가와 말했어.

"네가 돌 깨는 소리가 좋아. 검저리가 내는 소리는 맑고 신나."

그 시절 나는 동굴 속 사람이 아니라 한낮에 돌을 깨는 석공이었어. 몸돌을 모아놓은 탑과 가까이 앉은 사람은 솜씨가 서툴렀고, 완성된 간돌을 오래 만질수록 실력 좋은 석공이었지. 나는 네 덕분에, 네게 좋은 소리를 들려주고 싶어서 점점 더 간돌 가루를 뒤집어썼어. 몸돌을 망칫돌로 깨다 그 안에서 예쁜 게 나오면 강물에 씻어 너에게 주었지. 너는 내가 준 조개껍데기를 모아 목걸이를 만들었어. 내가 얇게 벼린 투명한 검돌을 잉어의 부레에 끼워둔 채 옷감을 자를 때만 사용했지. 필라카, 네게 더 많이 줄 걸 그랬어. 아직 주고 싶은 게 많은데. 너는 나에게 설레는 순간을 만들어줘서 이렇게 강물에 휩쓸리면서도 널 그리며 웃고 있는데.

한낮에 나무 그늘에 앉아 졸던 너의 뺨, 개를 무릎에 앉히고 아마 줄기에서 실을 뽑던 너의 표정, 그 골똘한 입술. 네가 흙으로 빚은 그릇에 조개 무늬를 새기던 오후를 기억해. 내게 주려고 아침마다 강가를 걸으며 검은 돌만 줍던 너의 뒷모습도. 네가 갈판에 도토리를 빻을 때 나던 소리와 향기, 그 곁의 바구니, 네가 새의 깃털을 뽑을 때 흩날리던 흐릿한 공기, 그 새를 돌판에 올려놓고 커다란 나뭇잎으로 불길을 키우던 너의 기우뚱한 자세, 네가 뼈바늘에 실을 꿰던 손짓과 실 끝을 이로 끊을 때 잡히던 콧등의 주름까지. 너는 멧돼지 가죽을 잘라 내게 치마를 만들어주었지. 오리의 날개깃으로 머리 장식을 만들어주고 너구리의 꼬리털로 목도리를 해주었어. 너는 무엇이든 아끼며 매만졌어. 새알을 찾으러 나무에 올라서도 둥지에서 하나만 챙겨 내려왔지. 돌아온 어미새가 너무 슬퍼하지 말라고.

달 밝은 여름밤, 너는 같이 밀밭에 가자며 내 손목을 잡아끌었어.

"이건 줍지 말고 두자. 나중에 또 자랄 수 있게."

너는 이삭 아래 바구니를 받친 채 사락사락 밀을 흔들며 말했지. 사람도 씨앗처럼 땅에서 자랐으면 좋겠다고 했어. 열매처럼 아기도 나무에서 똑 딸 수 있으면 좋겠다고 말이야. 그 무렵 너는 처음으로 아기를 가졌고 우리는 밤마다 노루 가죽 안에서 아기의 이름을 짓다 잠들었어. 너와 홀레블레를 한 형제는 멀리 검돌을 캐러 떠났고, 나는 매일 감자를 넣은 국을 끓여 네게 주었지. 너의 배가 부풀어가는 걸 두렵고 기쁘게 지켜봤어. 하지만 너의 아기는 첫 숨을 터뜨리기도 전에 파래진 얼굴로 우리를 떠났지. 사람들이 아기를 동굴로 데려가자 너는 머리만은 남겨달라고 애원했어. 나는 추아서에게 부탁해 아기의 목을 돌도끼로 잘라 너에게 주었지. 너는 아기의 머리를 땅에 묻고 날마다 그 자리를 지켰어. 너의 눈을 찌른 참나무의 가지를 꺾어 지팡이를 만들었지. 윗부분은 새의 머리처럼 둥글게 깎고, 몸통에는 《《《 무늬를 빼곡히 새겼어. 그리고 아기의 살이 썩고 해골만 남았을 때 너는 그 해골을 강물에 씻어 참나무 지팡이에 매달았어. 어디를 가나 그 지팡이를 짚고 다녔지. 네가 돌삐를 가졌을 때 너는 지팡이를 보며 속삭였어. 마치 나무에 새긴 무늬가 진짜 독수리라도 되는 것처럼 아기를 살려달라고 기도했지. 하늘로 물고 갈 별이 필요하다면 아기 대신 너를 데려가라고. 나는 겁이 나 아무 말도 못한 채 혼자 숲속을 내달렸어. 네가 돌삐를 낳고 동굴로 옮겨질 때도 나는 겨우 너의 두 눈만 가슴에 품고 갈대밭으로 달려갔지. 피가 뚝뚝 흐르는 너의 눈동자를 땅에 심으며 울었어.

　"필라카, 넌 식물이야. 꽃이야. 그러니 여기에서 다시 자라나."

　슬픔은 내게서 달빛을 앗아가고 별자리를 흐려놨어. 나는 형제들을 증오했지. 누구든 배불리 먹은 자는 모두 내 적이었으니까. 내 어깨를 두드리고 머리를 쓰다듬는 형제에게 나는 주먹을 날렸어. 나 역시 예전에는 동굴로 간 사람 덕분에 겨울을 버텨냈으면서. 나란 인간은, 검은 마음은, 바로 그 동굴에서 뼈무덤을 지키던 여자의 자식인데 말이야.

그러니 내가 다시 어둠에 갇히는 건 당연한 일이었지. 견딜 수 없는 아픔이 마음을 일그러뜨리면 몸은 그보다 더 큰 통증을 만들어 거기에 기대야 하니까. 굶어 죽지 않으려면 동굴이 필요하듯 나에게는 네가 필요했어. 필라카, 나는 돌벽에 독수리를 새기며 종일 너와 얘기를 나누었어. 돌삐를 돌봐야 하지 않았다면 나는 돌가루를 뒤집어쓴 채 박쥐들의 먹이가 됐을 거야. 해를 오래 보면 몸이 마르는 지렁이처럼 나는 어두운 밤에서 더 깊은 밤으로 숨어들었지. 쏟아지는 잠과 허기를 참으며 빠각빠각 돌 긁는 소리를 냈어. 돌벽을 쪼느라 내 손가락은 흉측하게 휘어졌고 두 눈은 타는 듯 아팠지. 나는 상처투성이 손과 비뚤어진 어깨로 절뚝이며 걸었어. 이따금 내 목덜미로 짠 것을 찾는 나비가 날아와 앉으면 그 나비를 손등에 올린 채 쉬었어. 새벽이 오면 동굴 위 틈새로 어렴풋한 빛이 들어왔고, 물기를 머금은 강바람이 가슴에 스몄지. 어느 날엔 자욱한 안개 사이로 연푸른 그림자가 날아갔어. 그게 뭐였을까. 너였을까? 너의 눈꺼풀 흉터, 네 입술, 날 만지던 너의 손길이었을까? 필라카, 너는 나 말고 다른 사람과 '노루 되기' 놀이를 하지 않았어. 그렇지만 네가 만든 규칙도 지키지 못했지. 눈 내리던 어느 겨울밤, 너는 노루 가죽 안에서 내게 말했어. 날 보면 마음이 편해진다고.

"왜? 왜 마음이 편해지는데?"

나는 부끄러워 고개를 숙이면서도 네게 물었지.

"네 얼굴이 좋아."

"어디가?"

"음…… 풀 죽은 눈빛?"

나는 왠지 심통이 나서 하늘을 보고 누웠어. 너도 눈송이가 나풀대는 밤하늘을 봤지. 모닥불은 이미 꺼졌고 올빼미의 날갯짓처럼 소리 없이 눈이 쌓였어. 그리고 너는 내가 몰랐던 이야기를 말해주기 시작했어.

"네가 새를 구해주는 걸 봤어. 노란 새가 거미줄에 걸려 꼼짝 못 했는데, 네가 땅에 떨어진 그 새를 구해줬어. 날개에 붙은 거미줄을 조심조심 벗겨준 다음 하늘로 날려줬어. 먹지 않고 보내줬어."

그리고 너는 잠시 말을 멈췄어. 나는 여전히 조금 토라져 널 보지 않았지만 네가 계속 말해주길 바랐어.

"예전에, 사람들이 연못으로 가 개구리를 찾을

때……."

나도 너의 말을 따라 그때의 기억으로 돌아갔지.

"네가 소소리랑 싸웠어. 소소리가 장난삼아 진흙에
서 잠자는 개구리를 찾으니까 네가 그러지 말라면서 싸
웠어. 깨우지 말라고, 자게 두라고."

"거기 있었어?"

내가 묻자 너는 슬며시 웃으며 고개를 끄덕였어. 필
라카, 나를 몰래 지켜봐 줘서 고마워. 새와 개구리 얘기
를 들려줘서 고맙고, 노루 가죽을 덮고 밤을 새우는 이
상한 놀이를 만들어줘서 고마워. 하면 안 된다는 규칙이
얼마나 달콤한 건지 너와 내가 알고 있어서 기뻐. 그날
밤 나는 추위에 떨면서도 목이 타 눈을 한 움큼 집어먹었
지. 네가 나에게 물었어.

"차가워?"

차갑지, 눈인데. 너는 당연한 걸 궁금해하면서 나에
게 혀를 내밀어보라고 했어. 그리고 또 물었지. 만져봐
도 되냐고. 필라카, 너는 다 만질 수 있어. 전부 다 네 거
니까. 하지만 이제 난 네게 줄 몸도 없고 편지를 쓰는 이
마음도 점점 희미해지는 것 같아.

희고 발그레한 분홍빛 살점, 검저리는 짧은 뼈마디

에 붙어 휩쓸린다. 깊은 물골을 빙빙 돌던 흰 뼈들이 다 각다각 부딪히며 떠내려간다.

검저리가 살던 세상에서 흰 것은 '죽음'을 뜻했다. 얼어붙은 흰 강, 숲을 덮은 흰 눈, 하얗게 뼈가 드러난 시체는 춥고 메마른 느낌을 줬다.

"검정은? 검정은 뭐야?"

어린 검저리는 동굴에서 엄마 뒤를 따르며 물었다. 엄마는 허리를 굽힌 채 말했다.

"몰라……."

엄마는 마치 '몰라'라는 말이 거기 있는 듯 동굴의 깊은 데를 봤다. 그러고는 다시 바닥에 흩어진 뼈를 주우며 말했다.

"뭐가 있는지, 어떻게 될지 까맣게 몰라. 그게 검정이야."

검저리는 바구니에 수북이 담긴 뼈를 봤다. 아직 피와 살점이 붙어 있어 비릿한 냄새가 진동했다. 검저리는 문득 살점을 불에 굽는 냄새가 떠올랐고 그러자 자신의 배고픔이 서글퍼졌다. 엄마는 동굴 입구를 보며 말했다. 우리가 아는 건 저 흰 빛, 하양, 죽음뿐이라고. 그러니 어둠 속에서 뭐가 어떻게 될지 모른 채 떠오르는 빛을 맞이할 뿐이라고.

검저리가 마지막으로 빛을 본 날,

그날은 종일 눈이 내렸다. 눈송이가 동굴 천장 틈새로 날아와 어둠 속에서 빠르게 녹았다. 칼새들이 두고 간 둥지에서 눈 녹은 물이 똑똑 떨어졌다. 검저리는 단상 앞에 서서 필라카의 해골을 닦았다. 새 머리 모양으로 깎은 참나무 지팡이와 무릎뼈 피리, 조개 목걸이, 투명하고 날카롭게 벼려진 검돌을 정성스레 마른 양털로 닦았다. 그렇게 필라카를 보살핀 다음 다른 뼈들이 있는 항아리로 갔다. 동굴에서 '잘 죽는 꿈'을 꾼 형제들의 뼈였다. 검저리는 뼈들을 꺼내 넓게 펼쳐놓은 골풀자리에 줄지어 놓았다. 하나씩 뼈를 닦으며 한 번씩 자신이 새긴 암각화를 돌아봤다.

머리는 작고 날개는 커다란 이야기 속 새.

얼마나 커야 나무가 쓰러지고 모래폭풍이 일까. 검저리는 고민을 거듭하고 실수를 되풀이하며 독수리를 새겼다. 동굴 입구에서 시작한 날개는 조금씩 어둠으로 밀려나 깊은 안쪽까지 이어졌다. 검저리는 독수리의 날개를 강물처럼 길게 만들고 싶었다. 그 아래 깃털은 세찬 빗줄기처럼 위에서 아래로 쏟아지게 했다. 독수리 아래 목이 부러진 사람의 머리는 모두 빙그레 웃는 표정이

었다. 암각화를 새기는 동안 아기였던 돌삐가 소년으로
자랐다.

'흰눈머리가 마음에 들어 할까.'

검저리는 흰눈머리의 눈으로 독수리를 바라봤다.
큰 달이 뜨고 무릎까지 눈이 쌓였던 지난 밤, 흰눈머리
가 동굴로 찾아왔다. 흰눈머리는 독수리를 만나고 싶다
고 했다. 소소리나 다른 형제들에겐 말하지 않을 생각이
니 검저리도 비밀을 지켜달라 당부했다.

"해 뜰 때가 좋겠어. 저 위로 빛이 쏟아지겠지?"

흰눈머리가 동굴 위 틈새를 보며 말했다. 검저리는
자신은 독수리를 새길뿐 진짜 독수리는 아니라고 했다.
독수리 흉내를 내던 자신의 엄마나 토끼의 배를 가르는
추아서라면 모를까 자신은 그런 일을 할 수 없다며 거절
했다. 흰눈머리는 목에 건 여우 이빨 목걸이를 만지작거
리며 알 수 없는 말을 했다.

"소소리가 푸른 옷을 갖게 될 줄은 몰랐어. 하지만
네가 독수리가 될 줄은 알았지. 나도 네가 돌 깨는 소리
가 좋았어. 저기서 날마다 돌을 긁었으니 얼마나 솜씨가
늘었겠어?"

흰눈머리가 검저리에게 다가와 어깨에 손을 얹었
다. 무거운 짐을 지우듯 손아귀에 힘을 주며 굽은 허리

를 곧게 폈다. 흰눈머리는 아기였던 돌삐가 누구의 젖을 먹고 컸는지 잊지 말라고 했다. 자신이 소소리의 마음을 어떻게 돌렸는지 기억하라고. 순간 검저리는 흰눈머리가 소소리에게 푸른 옷을 넘겨주었단 걸 깨달았다. 검저리는 고개를 저으며 소리쳤다.

"차라리 낭떠러지로 가세요. 거기에서 늑대별로 가세요."

"늑대만 입이고, 사람은, 형제들은!"

흰눈머리는 혀를 차며 검저리를 동굴 밖으로 이끌었다. 외진 눈밭으로 검저리를 데려가 거기에 자신의 몸을 숨기라고 했다. 당장은 말하지 말고, 남겨둔 노루 고기가 다 떨어졌을 때쯤, 호두도 잣도 떨어지고 토끼의 뼛속 기름까지 다 빨아먹었을 때쯤 꽁꽁 얼어붙은 자신을 꺼내 형제들에게 나눠주라 했다.

다시 둥근 달이 뜨고 흰눈머리가 동굴로 오기로 한 날, 흰눈머리는 혼자 새벽 강으로 가 오래 씻었다. 묶은 머리에 들꿩의 깃털을 꽂고, 맑게 걸러낸 산양 기름을 백합 꽃잎에 묻혀 천천히 몸에 발랐다. 흰눈머리는 올빼미의 커다란 눈이 새겨진 나무 물통에 빨간 꽃물과 흰 버섯물을 반씩 섞어 담았다. 잘 죽는 꿈을 꾸게 해줄 숲의

선물이었다.

　"벌써 잠이 쏟아져. 아주 푹 잘 수 있을 것 같아."

　흰눈머리가 동굴에 들어서며 나직하게 말했다. 검저리는 노루 가죽을 깐 자리에 흰눈머리를 눕게 했다. 가죽 옆 바구니에 마른 녹나무 껍질과 박하잎이 담겨 있었다. 검저리가 머리맡에 앉으려 하자 흰눈머리가 손을 내저었다.

　"성가시게 굴지 말고 가서 일해."

　"다 했어요."

　"다시 가서 살펴봐. 분명 더 손 볼 데가 있을 거야."

　검저리는 하는 수 없이 돌벽으로 갔다. 흰눈머리의 말대로 다시 보니 다듬어야 할 곳이 보였다. 검저리가 돌촉으로 벽을 긁자 기다렸다는 듯 흰눈머리가 이야기를 시작했다.

　"그땐 진짜 독수리가 날아와 쪼아먹었어. 할머니의 할머니의 할머니가 저 멀리 푸른 땅에 살 때……."

　흰눈머리는 몸을 일으켜 통에 든 물을 마셨다. 고통 없이 꿈꾸려면 물 한 통을 다 비워야 했다.

　"큰 새를 띄우려면 그만큼 커다란 바람터가 필요해. 푸른 땅엔 바람터가 있었어. 처음에 푸른 옷은 없었지. 벽돌집도 흰 집도 없었어. 내가 흰 집 만드는 거 말해줬나? 석회가루 말해줬어?"

흰눈머리가 묻자 검저리가 손짓을 멈추고 어깨너머를 봤다. 하지만 대답을 바라는 질문이 아니었다. 흰눈머리는 두 손으로 자신의 가슴을 약하게 두들기며 말을 이었다.

"그런 게 있어. 눈처럼 새하얗고 돌처럼 단단한 집. 흰 돌을 부숴 불에 끓이면 석회가루가 되는데, 할머니는 알아도 써먹으면 안 된댔어. 할머니의 할머니가 그랬대. 아는 대로 다 써먹으면 나무나 사람이 남아나질 않는다고. 푸른 옷을 감추듯 아는 것도 감춰야 할 때가 있다고. 흰 집을 만들려면 나무를 얼마나 베어야 하는지…… 또 사람들을 얼마나 거기에 끌어다 일을 시키는지…… 다른 형제는 흰 집 사는데 나만 움막에 살면 기분이 어떻겠어?"

검저리가 뒤를 봤다. 흰눈머리는 마치 할머니의 할머니가 된 듯 아득하게 떨리는 목소리로 말했다.

"다들 푸른 옷을 가지려 했어. 그걸로 땅을 파고 나무를 베면 돌보다 빠르니까. 처음엔 좋았지. 그런데 그 좋은 게 나중에는 숲도 망치고 사람도 망쳤어. 너도나도 푸른 옷을 탐냈으니까. 할머니의 할머니의 할머니, 그 할머니가 아이였을 때 어른들을 따라 도망치듯 푸른 땅을 떠나왔어. 아래로 아래로 가다 여기 '밍'까지 온 거지. 내 말 듣고 있어?"

검저리는 대답하지 않았다. 흰눈머리가 대답을 바라고 묻는 게 아니라는 걸 알아서였다.

"잊지 말아야 해. 우리가 왜 흰 집을 버리고 움막을 짓는지. 칼 대신 돌을 깨는지."

"칼이요?"

"그런 게 있어. 안다고 다 드러내면 못 써. 쓸 줄 안다고 아무 데나 휘두르면 그 칼에 자기도 찔리는 거야. 제일 깊이 찔리지. 너는 이 동굴이 밉겠지만, 먹이가 되는 건 슬픈 게 아니야. 약한 것도 아니지. 먹지도 않을 거면서 죽이는 게 슬픈 거야. 인간은 그러기도 하니까."

흰눈머리의 목소리가 잦아들었다. 노루 가죽 옆으로 빈 나무 물통이 쓰러져 있었다. 검저리는 두 팔을 떨군 채 눈 쌓인 동굴 입구를 봤다. 그대로 동굴을 벗어나 달아나고 싶었다. 잠든 흰눈머리를 두고 멀리멀리. 하지만 돌삐는 어쩌지? 검저리는 돌삐를 키우며 애달픈 자기의 눈이 혹여라도 그 애를 닮게 할까 오래 바라보지도 못했다. 돌삐가 다리를 옆으로 휘돌릴 때 검저리는 그 애가 너무도 자랑스러워 무릎이 후들거렸다. 돌삐는 검저리에게 잘 보이고 싶어 했다. 그래서 아침마다 가문비

나무 숲으로 가 돌을 던졌다. 엄마가 뒤에서 자기를 지켜보고 있다는 걸 알고서. 그리고 동굴에선 필라카가 검저리를 지켜줬다. 검저리는 하얗고 깊은 필라카의 해골로 다가갔다. 해골 앞에 맹세하듯 검저리는 한눈을 감고 눈꺼풀 위로 얕게 돌촉을 그었다. 단상에 놓인 잉어 부레에서 투명한 검돌을 꺼내 숫돌에 날을 벼렸다.

동굴 안으로 싸늘한 강바람이 흘러왔다.

바람은 칼새의 둥지를 스쳐 잠자는 박쥐들의 몸을 덮었다. 겨울잠을 자고 있지만 안심할 순 없었다. 한겨울은 눈 위에 떨어진 핏방울도 까마귀들이 몰려와 쪼아 먹는 굶주림의 시기였다. 검저리는 천장 틈새로 연기가 나가도록 방향을 가늠해 작은 불을 피웠다. 불꽃에 녹나무 껍질과 박하잎을 던져 박쥐가 싫어하는 냄새를 만들었다. 문득 어릴 적 기억이 떠올랐다. 엄마가 연기를 피우면 날아오던 박쥐들이 찢어지는 소리를 내며 멀어졌다. 어린 검저리는 박쥐 날개에 뻗은 흰 뼈를 신기하게 올려봤다. 그러다 엄마의 호통에 놀라 다시 박쥐가 싫어하는 소리를 퍼뜨렸다. 검저리는 멧돼지 털로 감싼 막대를 말린 산양의 힘줄에 짓짓짓 문질렀다. 맵고 싸한 향과 함께 높고 날카로운 소리가 박쥐들을 물리쳐줬다.

한 몸이 다른 몸에게 피를 토해주듯…….

검저리는 하얀 입김을 뿜으며 낮게 소리 냈다.

"강하고 아름다운 먹이⋯⋯."

검저리는 검돌을 쥐고 흰눈머리에게 다가가 무릎을 꿇고 앉았다. 검저리가 흰눈머리의 이마에 손을 얹었다. 차가웠다. 흰눈머리의 팔을 들었다 놓았다. 떨어졌다. 흰눈머리의 가슴에 손을 댔다. 느리고 약했다. 검저리는 흐릿한 눈으로 동굴 위를 올려봤다. 해 뜰 때 맞춰 흰눈머리가 꿈꾸게 하고 싶었다. 머릿속으론 수없이 뒤에서 훔쳐봤던 엄마의 몸짓을 떠올렸다. 엄마는 꿈꾸는 형제의 이마에 손을 얹었다. 팔을 들었다가 놓았고, 형제의 목덜미에 돌을 괴어 도끼로 머리를 찧었다.

이윽고 동굴 위로 흰빛이 드리웠다. 검저리는 노루 가죽에 손땀을 닦고 돌도끼를 집어들었다. 순식간에 피가 솟구쳐 반대편 벽이 붉어졌다. 검저리는 기도하듯 흰눈머리의 가슴에 두 손을 포갰다. 강하고⋯⋯ 아름다운⋯⋯ 내 형제.

고요한 동굴에 검저리의 숨소리와 근육을 가르는 검돌 소리가 울렸다. 짙은 피 냄새가 퍼지고 천장의 새벽빛이 빠르게 동굴 바닥을 삼켜갔다.

그때 급하게 눈 밟는 소리가 들렸다. 검저리가 동굴 입구를 봤다. 희부연 빛 사이로 푸른색 이마가 보였다.

푸른 옷…… 노간주나무 상자에 있던 옛사람의 흔적이었다. 검저리는 푸른 이마가 든 '손'을 본 순간 그것이 흰눈머리가 말했던 칼이라는 걸 깨달았다.

'눈부시다…… 칼도 이마도…….'

푸른 이마가 큰 걸음으로 달려와 검저리를 끌어안았다. 검저리의 옆구리에 차고 단단한 바람이 스몄다. 검저리는 맥없이 고꾸라졌다. 청동 투구를 쓴 소소리는 부들부들 떨며 검저리를 내려다봤다. 검저리는 소소리와 눈을 맞추며 힘겹게 미소 지었다. 빨간 꽃물을 마셨는지 소소리의 입술이 발갰다.

"너 때문이야. 네가 독수리 같은 걸 불러와서."

소소리는 가슴에 화살을 맞은 노루처럼 풀썩 무릎을 꿇었다. 그러더니 흰눈머리 앞에 엎드려 동굴이 떠나가라 울었다. 곧이어 돌삐가 뛰어와 소소리에게 질 새라 더 크게 울었다. 돌삐가 주룩주룩 울며 검저리의 머리를 돌도끼로 찍었다. 검저리는 옆구리에 이어 머리가 시원해졌다.

영혼은 몸을 떠나 어디로 갈까.

얼마 뒤 추아서가 나타나 검저리를 보내주자 말했다. 먹지 말고 보내주자고. 마음 착한 형제들이 검저리를 들고 강가로 갔다. 한겨울에 강이 얼어 바위로 강을

깼다. 굶주려 힘도 없는데, 언 손으로 한참이나 강을 깼
다. 검저리는 모래밭에 누워 하늘을 봤다. 푸르스름한
늑대별과 검돌 같은 초승달이 흰빛에 먹히고 있었다. 검
저리는 낭떠러지의 늑대들이 떠올랐다. 팔 하나쯤은 주
고 싶은데…….

　이제 검저리는 작고 따스한 웅덩이를 맴돌고 있다.
검저리는 물맛을 보고 놀란다.
　'왜 이렇게 톡 쏘지?'
　그곳은 불을 품은 산기슭, 끝없이 떨어지는 물방울
이 암석을 녹여 만든 미지근한 물터다. 온 세상 생명이
그 둥근 물 안에 모여 있던 시절, 검저리는 그때로 거슬
러 가 물속을 헤엄친다. 헤엄치며 흰눈머리가 들려주던
옛이야기를 떠올린다. 형제들이 주린 배로 모닥불 앞에
모이면 흰눈머리가 뜬풀에 취해 별과 사람의 이야기를
들려줬다. 사람의 등뼈에는 실지렁이보다 작고 가는 끈
이 있는데, 죽으면 그 끈만 남는다고 했다. 그렇게 끈이
되어 본래 있던 은하수로 돌아간다고. 잘 죽은 사람은
거기에서 더 먼 별로 가고, 잘 못 죽은 사람은 다시 몸을
찾아 땅으로 내려온다고 했다.
　여기가 은하수일까. 나는 지금 별인가. 검저리의 주

위에 반짝이는 끈들이 가득하다. 끈들이 바람을 맞는 노루의 털처럼 파르르 떨며 빛난다. 자글자글, 보글보글, 물방울에 몸을 쏙 담근 채 어딘가로 둥둥 떠간다.

그들은 어디로 가서 무엇이 될까. 검저리는 물 따라 흐르며 또 어떤 몸이 될까. 풀잎이 될까. 노루가 될까. 아침놀의 빛줄기, 절벽의 메아리가 될까.

필라카!

검저리는 필라카를 다시 만나고 싶다. 필라카의 엄마, 필라카의 형제, 필라카의 딸. 어쩌면 필라카가 키우는 정원의 식물이 될지도 모른다. 운 좋으면 한 마리 개가 되어 필라카의 손길을 받을 수도 있다. 무엇이 되어 만나든 검저리는 필라카를 좋아하리라. 자신이 무엇을 아는지도 모른 채. 눈앞의 얼굴, 그 빛이 어떤 어둠을 지나왔는지도 잊은 채.

검저리의 사랑은 강물에 녹아 사라진다.

한탄강.

훗날의 사람들은 보트로 급류를 타며 흐린 강물을 삼킨다. 검저리가 귀뚜라미 잡던 갈대밭은 벼락에 맞아 불탔다. 검저리가 독수리를 새긴 동굴도 지진과 산사태에 무너졌다. 몇몇 사람은 늪이 있는 검은 바위에서 암각화를 찾아낸다. 보이는 면보다 보이지 않는 면이 더 깊이 박힌 바위. 그 돌에 새겨진 ∨ 무늬를 골똘히 연구한다. 이게 뭘까. 계곡일까. 새 부리일까. 화살촉일까. 사람들은 검저리가 강물에 쓴 편지를 읽지 못한다. 돌과 풀, 죽은 토끼의 눈과 갓 태어난 다람쥐 냄새가 일러주는 말도 듣지 못한다.

괜찮다.

인간이 만든 칼은 계속 칼의 길을 갈 테지만, 마음을 그리는 마음 또한 마르지 않을 테니까. 먹이와 더 작은 먹이들의 돌림노래는 그치지 않을 테니까. 슬프게도 온전한 편지란 읽을 수도 부칠 수도 없지만, 그 슬픔이 다함이 없는 편지를 쓰게 하니까.

지금 여기 빛나는 끈처럼 생긴 인간의 글자, 당신의 이름과 이야기가 되어.

- 9쪽의 첫 문장은 『영혼을 찾는 현대인』(칼 구스타프 융, 김세영 옮김, 부글북스, 2014)에서 "내가 온전하길 원한다면, 나는 반드시 어두운 면을 가져야 한다"를 변형한 것이다.
- 소설 속 석기 시대 생활상은 『빙하 이후』(스티븐 마이든, 성춘택 옮김, 사회평론아카데미, 2019)의 내용을, 독수리 암각화는 『여신의 언어』(마리야 김부타스, 고혜경 옮김, 한겨레출판사, 2024)의 삽화를 참고했다.
- 소설 속 '노루 되기'는 『코끼리도 장례식에 간다』(케이틀린 오코넬, 이선주 옮김, 현대지성, 2023)의 '옷 입은 채 함께 자기'라는 구애 의례에서 아이디어를 얻었다.
- 소설 속 두개골을 쪼개 영혼의 길을 만드는 행위는 인도의 화장 풍습을 참고했다.

축 제

김보영

나는 도약했다.

물보라가 햇살에 은빛으로 부서졌다. 나는 공기를 깊이 들이마시고 도로 잠수했다.

물 밖에서는 헤엄칠 수 없다. 그러니 행군의 원칙은 가능한 수면 위로 나오지 않고 크게 한 호흡 삼킨 뒤 얼른 도로 잠수하는 것이다.

하지만 우리는 뛴다. 날아오른다.

넓고 판판한 꼬리지느러미로 수면을 치며 파도처럼 솟구친다. 지느러미를 날개처럼 파닥여 공중에서 빙글 돌아 비늘에 머금은 물을 멀리 퍼트린다.

누가 먼저랄 것 없이 뛰어오른다. 군무를 추듯 함께 동작을 맞추는 기예를 즐기는 이들이 있는가 하면 홀로 눈에 띄기를 좋아하는 이들도 있다. 그런 이들은 함께 뛰는 무리와 엇박자로 치솟으며 재주를 넘는다.

나도 튀기를 좋아하기로는 빠지지 않건만, 지금 내 배지느러미 안에는 내 세 딸, 루, 레이, 란이 매달려 있다. 아이들이 떨어지지 않도록 배지느러미를 몸에 딱 붙

이고 도약하려니 그리 높이 뛸 수 없을뿐더러, 애들에게
는 아직 아가미뿐이다. 엄마가 날아오를 때마다 셋이 숨
을 꾹 참고 견딜 것을 생각하면 자제할 수밖에.

셋째 란이 지느러미를 빠끔 젖혀 열고 툭 튀어나온
눈알을 뒤룩였다. 애들에게는 아직 눈꺼풀도 없다. 란
이 돌기 같은 작은 팔로 내 배를 기어 등지느러미로 올라
타려는 기척이 났다. 나는 야단치듯 하반신을 강물에 푹
넣었다. 아이들이 어푸어푸하는 빠끔거림이 기포가 되
어 엉덩이 부근에서 보글보글 떠올랐다.

"엄마가 뭐랬지?"

나는 몸을 휘이, 돌려 수면에 누워 헤엄을 배영으로
바꾸며 지느러미를 활짝 펴 안에 든 아이들을 마주보았
다. 루와 레이가 란 양옆에서 눈치를 주며 퉁, 퉁, 쳤다.
'야, 내가 야단맞는댔잖아.' '가만 좀 있어.'

"손가락으로 동그라미 만들 수 있을 때까진 물 밖은
안 된댔지?"

나는 으스대듯 양손 검지와 엄지로 동그라미를 만
들어 애들 눈앞에서 빙글빙글 돌려 보았다.

란은 불만스레 이죽대며 제 좁쌀 같은 팔을 내려다
보았다. 아이들은 아직 덜 자랐다. 머리와 상반신도 분
리되지 않아 통통하니 둥글게 이어져 있다. 투명하여 내

장이 들여다보이는 유선형 몸 아래로는 장어처럼 길쭉한 꼬리뿐이다. 아이들은 아직 어류였고 상반신이 포유류로 분화되는 이차 성징은 여태 오지 않았다.

란은 뻐끔거리며 하늘을 바라본다. 란은 지상을 동경한다. 실상 어른이 되면 불편한 점이 많다. 성어成魚가 되어 상반신은 포유류, 하반신은 어류로 나뉘고 나면 늘 허리가 지끈거리고, 헤엄치다가도 통상 오 분에 한 번씩, 늦어도 삼십 분에 한 번씩은 수면 위로 올라와 공기를 호흡해야 하며, 망망대해에서도 삼십 분 이상은 잘 수 없는 노곤한 삶이 찾아온다. 하지만 내가 아무리 잔소리해 봤자 란은 아가미로도 듣지 않는다. 란은 내 불편마저도 동경한다. 그 또한 어른의 증명이기에.

란의 투명한 내장에 아직 폐는 보이지 않는다. 폐는 어느 날 꽃이 피듯 나타나 자리를 잡는다. 흉골과 갈비뼈가 나무처럼 자라나 폐를 감싸면 부드러운 막을 찢고 팔이 빠져나올 것이다. 그때쯤 목이 상반신과 분리되어 고개를 돌릴 수 있게 된다. 투명한 막 대신 피부가 붙고 팔 말단에서 손가락이 분화된다. 그렇게 성어가 된다…….

멀리서 환호성이 들렸다. 보지 않아도 알 수 있다. 누부가 도약한다.

갓 성어가 된 아이지만 누구보다 화려하다. 누부는 날개를 단 듯 난다. 지느러미로 수면을 팡, 하고 내리치며 용솟음친다. 회오리치는 물보라를 은빛 휘광처럼 두르고 공중에서 힘차게 풍차처럼 회전한다. 누부의 비늘은 물풀에 맺힌 밤이슬처럼 푸르며 꼬리지느러미는 해질 녘 노을처럼 붉다. 상반신은 구릿빛이고 머리카락과 눈은 짙은 암갈색이다.

꼬리에서 물을 분사하듯 뿌리며 광풍처럼 허공을 박차고 난다. 무리의 제일 뒤에서 앞까지 날아서 미끄러지듯 잠수하고는 행렬 저 앞에서 솟구친다. 거기서 두리번두리번 물길을 살피고는 돌아와서는 우쭐대며 길 안내를 한다. '저쪽 바위는 날카롭고' '저쪽 길은 유속이 빠르다'는 식으로. 그러면 남자애들이 찬사의 뜻으로 엄지를 척척 쳐올리거나 하이파이브를 한다. 뒤쪽 어디선가는 어린애들이 누부를 흉내 내 뛰다가 잘못 착지하거나 수면에 고꾸라지느라 소란을 떤다.

"얘들아, 놀러 가는 게 아니란다. 순례길에서는 경건해야지."

뒤따라오시는 원로 할머니 움께서 느긋하게 말씀하셨다. 다들 "예." 하고 합창하지만 자맥질 몇 번 만에 못 참고 도로 튀어 오른다.

움 원로는 이제 헤엄을 치지 못한다. 지느러미도 다 뜯겨나가고 비늘도 남은 것이 없어 허리 아래쪽은 뭉툭한 살덩이뿐이다.

원로 할머니를 업고 헤엄치는 인어는 재아다. 재아는 알에서 갓 태어났을 무렵 다른 물줄기에서 홀로 우리 가문으로 왔다. 우람한 체격에 말은 없다. 유생일 때 가재에 잡아먹힐 뻔한 것을 움 원로께서 구해 준 이후로 한시도 떨어지지 않고 곁에서 시중을 든다. 이제 움께서는 순례를 견딜 나이가 아니건만, 가실 날이 멀지 않았다는 말에 재아가 자청해서 마지막 순례로 모시고 가는 중이다. 격랑을 헤치고 나아가는 순례길은 혼자서도 벅차건만, 힘든 기색 하나 내지 않는다.

"왜 성지 순례를 하는 거죠? 성지에서는 뭘 하죠?"

란이 꼬리를 살랑이며 물었다. 란은 답을 안다. 그저 내가 응하는 것이 좋아서 묻는다.

"사랑을 하지."

루가 나 대신 아는 척했다. 란은 '너한테 물은 것 아냐.' 하는 얼굴로 눈을 흘겼다. 레이가 뒤따라 아는 척을 했다.

"성지 아우라지에 이르면 다른 물줄기에서 모여든 가문들과 한데 섞였다가 다시 나뉘어 헤어지는 거야. 누구는 그쪽 지류로 가고, 누구는 우리 지류로 오고."

루가 박자를 맞추듯 다시 레이의 말을 받았다.

"한 가문끼리 짝짓기를 계속하면 기형이 늘어나니까, 건강한 아이를 낳으려면 최대한 멀리서 온 가문과 섞어야 하거든."

란은 '알거든.' 하고 심통부리는 눈빛을 하고는 내 배 위에서 매끌매끌한 몸을 뒹굴며 딴청을 부렸다.

아우라지에서 한데 뒤섞인 뒤에는 누가 이쪽으로 오고 누가 저쪽으로 갈지 아무도 모른다. 물길에 뜻을 묻는다. 거기서 우리는 노래하고, 눈이 맞고, 사랑을 나눈다. 축제는 짧다. 한 달쯤 머물며 충분히 어울릴 때도 있지만, 배고픈 짐승들이 주변에 어슬렁거리거나 날씨가 험할 때는 며칠, 수 시간, 때로는 수 분 머물고 떠나기도 한다.

내 아이들 아빠도 첫눈에 택했다. 작년 이맘때였다. 아우라지 가까이에 이르자 향긋한 산수유 열매 향과 함께 인어의 합창이 들려왔다. 온갖 새들이 함께 지저귀는 듯 아름다운 소리였다.

내 반려는 앞서 오지 않았고 뒤에서 오지도 않았다. 무리 가장자리를 바삐 오가며 뒤처지는 아이들을 돌보고 있었다. 나는 첫눈에 그를 택했고 전속력으로 헤엄쳐다가가서는 강하게 끌어안았다. 내가 택한 이가 나를 한 달음에 택할지는 운에 맡긴다. 첫 구애에서 거절당하면 흐름에 끼지 못하고 허둥허둥하다 기껏 고생해서 간 성지에서 알도 낳지 못하고 쓸쓸히 돌아올 수도 있다. 하지만 그는 기다렸다는 듯이 나를 끌어안았다. 우리는 꼬리를 휘감으며 연인이 되었다. 주위에서 하나둘 짝을 택해 꼬리를 칭칭 감았다. 우리는 연잎 새에 둥지를 틀고 그날 밤 알을 낳았다. 내 아이들은 하루 만에 부화해 깨어났다.

아침나절에 두 가문의 추장이 귀환을 알리는 나팔을 불었다. 짝을 찾은 이들은 손에 손을 잡고, 아이들을 품에 안고 마음 가는 대로 헤엄쳤다. 부모와 아이가 떨어졌고 형제와 자매가 흩어졌다. 아이와 떨어진 부모는 새 아이를 들였고 부모와 떨어진 아이는 새 부모를 찾았다. 갓 만난 짝지를 놓치는 일도 부지기수지만, 그런 이들은 미련 없이 바로 새 짝을 찾는다.

반려는 낯선 강줄기에 이주해 왔건만 금세 모두와 친해졌다. 누구보다 유쾌했다. 부모 없는 아이가 보이면 데려와 제 아이처럼 돌보았다. 다음 순례에서는 상쾌하게 인사하고 다른 짝을 찾아 새 물줄기로 떠났다.

나는 이번 순례에서는 새 짝을 찾을 마음이 없었다.

아이들이 성어가 될 때까지는 옆에 있어 주고자 한다.
단지 아이들에게 성지를 보여주고 싶었다. 신성한 생명
의 축제를. 삶이 꽃처럼 피어나고 물처럼 어우러지는 순
간을. 낯선 이와 친근한 이가 하나 되는 기적을. 그 이어
짐의 환희를.

　　앞서가던 누부가 물살을 헤치며 되돌아왔다. 헤엄
치는 인어들을 하나하나 붙들고 뭔가를 전한다. 들은 인
어들의 눈이 매서워졌다. 무슨 일인가, 궁금해할 무렵
누부가 내게 와 소식을 전했다.

　　"리로, 새 폭포가 생겼어."

　　"높이는?"

　　질문이 끝나기도 전에 답이 돌아온다.

　　"오 미터."

　　누부는 나를 지나치며 폭포, 오 미터, 하며 전달을
이어갔다. 오 미터. 내 키가 구십 센티미터니, 키의 다섯
배 이상 도약해야 한다. 누부가 아까 모두의 환호성을
자아낸 뜀뛰기가 그에 미치지 않았다. 우리는 이 미터쯤
은 쉽사리 도약한다. 애쓰면 삼 미터도 뛸 수 있다. 하지
만 오 미터.

　　나는 일단 정신을 차리고 누부를 도와 무리에 소식

을 알렸다. 누부가 뒤처져 오는 움 원로와 재아에게 소
식을 고하자 소란이 일었다. 파닥임만으로도 짐작할 수
있었다. 재아는 언성을 높였고, 거칠게 고개를 젓고 누
부에게 괜히 성질을 내며 밀치며 지나려 했다. 그러다
움의 호통에 풀이 죽었다.

도리가 없다. 움의 순례는 끝났다. 재아는 원로를 업
고 오 미터를 날 수 없다.

움은 어쩐지 후련하다는 듯한 눈으로 하늘을 보았
다. 햇살에 은빛으로 빛나는 강줄기를 한참 보았다. 그
리고 재아의 어깨에 앉아 등을 세우며 옆에 있던 우나를
새 추장으로 선포했다. 우나는 재아의 친구였고, 피처럼
붉은 하반신에 재아만큼이나 우람한 인어였다. 우나는
받아들였고 곧바로 재아를 제 후계로 정했다.

재아는 움 원로를 모시고 돌아가야 한다며 거절하
고는, 대신 우나의 누이 바라에게 지위를 양보했다. 바
라는 몸집이 작고 체력이 약했지만 강단이 있고 지혜로
웠다. 바라는 받아들였다.

우리는 지위를 받으면 그 자리에서 후계를 정한다.
늘 이어짐을 생각한다. 격랑이 언제 어떻게 삶을 휩쓸어
갈지 알 수 없으므로. 물살은 거칠고 자비 없으며, 그 뜻
을 알기 어려우므로.

우리 머리 위로 우수수 나뭇잎이 떨어졌다. 선두에서 감탄이 오갔다. 올려다보니 인후人猴 무리가 전나무 숲 위로 질주하고 있었다.

인후는 털북숭이 몸에 네발로 달린다. 사지로 나뭇가지를 잡을 수 있도록 발도 엄지가 안으로 굽고 나무에서도 균형을 잡을 수 있도록 길고 가는 꼬리가 있다. 한편으로 우리처럼 상반신은 털 없이 미끈하며 머리털이 풍성하면서도, 치아가 원숭이처럼 돌출되지 않았다. 덜 발달한 치아 구조와 소화기관 탓에 날고기를 삼키지 못해 음식을 삭히거나 굽거나 끓여 먹는다. 퇴화한 치아와 위장은 우리와 마찬가지로 문명 시대의 잔재다. 풍요 속에 살았던 선조의 유산이다.

인후의 질주는 장관이다. 그들은 허공을 딛듯이 뛴다. 한데 무리지어 달리면 금빛 물결이 넘실거리는 듯하다. 어떤 이들은 나처럼 아이들을 등에 업고, 어떤 이들은 꼬리로 서로를 안은 채 뛴다. 나뭇가지는 인후가 뛸 때마다 크게 기울고, 그 뒤를 잇는 인후가 박자를 타듯 반동을 동력 삼아 도약한다. 그때마다 잔가지며 나뭇잎이 비처럼 쏟아진다. 어린 인어들이 물에서 튀어 올라 이파리를 잡아서는 전리품처럼 귀나 머리에 장식한다.

인후들도 우리와 함께 성지로 간다. 그들의 목적은 짝짓기가 아니다. 아우라지 강가에 꽃처럼 만개한 산수유를 털러 가는 것이다. 젊은이들은 덩굴로 짠 보자기를 몇 포대씩 등에 두르고 있다. 돌아가는 길에는 저 보자기에 산수유 열매를 터지듯이 넣고 갈 것이다. 꾹꾹 눌러 담은 신선한 열매에서 흐른 달콤한 즙이 보자기를 붉게 물들일 것이다.

내 아이들도 인후 무리를 구경하느라 엉덩이 위에서 물방울처럼 퐁퐁 튀었다. 저 위에서는 털이 보송보송한 어린 인후들도 간혹 질주를 멈추고 우리를 본다. 우리에게 그들이 장관이듯이, 우리도 그들에게 장관이다.

물살과 어울려 질주하는 무리, 은빛으로 반짝이는 물보라, 우리가 도약할 때마다 피어나는 무지개, 매끈한 지느러미, 색색으로 반짝이는 비늘. 그들의 경탄이 우리들의 경탄과 만난다. 익숙해진 경이는 호의와 너그러움으로 녹아든다. 우리가 인후를 사랑하듯이 그들도 우리를 사랑한다. 그 무엇도 없이, 그저 서로의 아름다움으로 인해.

아우라지에 이르면 그들은 우리에게 굽거나 찌거나 끓인 열매와 고기를 인심 좋게 나누어준다. 그러면 우리는 보답으로 그들에게 갓 잡은 물고기를 던져준다. 그들이 날 생선 맛을 잊지 못해 축제를 손꼽아 기다린다고도 들었다. 우리도 구운 나무 열매며 살코기 맛을 잊지 못해 축제를 기다린다.

문득 주변 이들과 다른 속도와 경로로 뛰는 인후가 눈에 띄었다. 나뭇가지가 팍팍 튕기는 소리와 함께 흙먼지와 잔상이 남았다. 잔상이 남은 자리에 나뭇잎만 하늘하늘 떨어졌다.

"시시."

내가 눈치채고 이름을 입에 담기도 전에 시시가 번개가 내리꽂히듯 내 옆 강가 바위에 착지했다.

반짝이는 갈색 털, 미끈하니 곧게 쭉 뻗은 몸, 잘 익은 산딸기처럼 붉고 곱슬곱슬한 머리결, 두려움 없는 회색빛 눈동자. 이종족이라도 홀릴 외모다. 시시와 나는 여러 해 전 서로의 경탄 속에서 친구가 되었다. 첫눈에 짝지를 찾듯이, 우리는 첫눈에 친구를 사귄다.

"리로, 저 앞에 새 폭포가 있어."

시시가 말했다.

"지난 폭우 때 지형이 변했나 봐."

"알아. 누부가 알려줬어."

누부라는 말에 시시의 얼굴이 밝아졌다.

"누부는 어디 있어?"

내가 답하기도 전에 뭔가가 저 멀리서부터 콰콰콰, 물보라를 일으키며 상어처럼 물살을 갈랐다. 누부는 나와 시시 사이에 번뜩 나타나서는 이빨이 하얗게 드러나도록 웃고는 교태를 부리며 꼬리지느러미를 찰랑였다.

"시시~."

흐엑, 저 간드러진 목소리는 뭐야. 내 등지느러미 위에서 폴짝거리던 세 아이도 질색하며 도로 물속으로 들어갔다. 주위 인어들이 흐엑, 헉, 하며 못 볼 꼴이라도 본 듯 눈을 가리고 지나갔다.

"잘 지냈어어?"

누부는 헤벌쭉 웃으며 바위에 턱을 괴고 몸을 배배 꼬았다. 으어, 저 귀여운 척 하는 꼬라지 좀 보라지.

둘은 작년 순례길에서 눈이 맞았다. 달 밝은 밤, 시시가 높은 나무꼭대기를 향해 질주할 때 누부는 폭포를 뛰어넘는 곡예를 펼치고 있었다. 둘은 공중에서 눈이 맞았다. 시시와 누부는 축제 내내 따로 노닥거렸다. 누부는 시시를 따라 모래톱에 올라앉아 꼬리지느러미까지 물 밖에 내놓은 채로 놀았고, 시시는 누부를 따라 정수리까지 물속에 푹 잠겨 잠수하며 놀았다.

시시가 누부의 이마를 꼬리로 쓰다듬었다. 누부는

가르랑거리며 시시의 손바닥에 아이처럼 이마를 문댔
다. 시시는 누부를 꼬리로 끌어안고는 돌연 결연한 눈으
로 속삭였다.

　"저 앞에 숲이 끊겨 있어."

　좋아서 지느러미를 파닥이던 누부의 눈이 한순간에
어두워졌다. 누부가 정색하고 물었다.

　"얼마나?"

　"육 미터쯤."

　"뛸 수 있어?"

　묻지만 걱정하는 기색은 없다. 누부는 의심하지 않
는다. 시시는 뛸 수 있다. 나도 안다. 시시는 뛸 수 있다.

　"아마도. 하지만 아이들은 못 뛰어. 아이들만 '주검'
의 영역인 지상을 지나게 할 수는 없어. 그러니 내가 함
께 할 거야."

　주검이라는 말에 비로소 누부의 표정이 식었다. 나
도 긴장했다. 아이들이 놀라 내 지느러미 속에서 아가미
를 꾹 닫고 숨을 죽이며 서로를 껴안았다. 누부가 다급
히 말했다.

　"주검의 영지를 지나면 안 돼. 너무 위험해."

　"육 미터는 한달음이야."

　"주검과 마주치면 죽어. 다른 길을 찾아봐."

"나무 위에서는 어른들이 덜 자란 아이들을 꼬리로 잡아 던지고 반대쪽에서 받아주면서 나아갈 거야. 아래서는 다 함께 달릴 거고. 괜찮을 거야."

누부는 걱정 가득한 얼굴이었지만 이내 진정하고 시시의 손을 꼭 쥐었다. 누부는 시시를 믿는다. 아이들은 두려움을 모르며, 서로의 재능과 불멸성을 의심치 않는다. 그들은 뛸 수 있을 것이다. 인후들은 모두가 예술가며 곡예사다. 추장이 "네가 뛸 수 있는 최대한의 거리보다 두 배 더 뛰어라." 따위의 지시를 하면, 네, 추장님, 하며 줄줄이 뛴다.

그래도 누군가는 낙오한다. 나뭇가지를 놓친다. 떨어지고 다친다. 한순간의 두려움에 도약을 망설이는 것만으로도 뒤처진다. 질풍처럼 사라지는 무리를 따라잡지 못하고 외따로 떠돌다 들짐승에게 잡아먹히거나 굶주림 속에 쓸쓸히 죽는다. 그 또한 순례의 일부다.

"성지에서 봐."

시시가 누부의 이마에 입을 맞추었다. 누부의 얼굴이 복숭아처럼 달아올랐다.

시시가 칼바람처럼 세차게 나무를 타며 사라졌다. 누부는 함박웃음을 지은 채 꼬랑지를 배배 꼬며 물장구쳤다. 이마에 물이 안 닿게 수영하며 만나는 인어마다 자랑했다. 내 세 아이가 수면에 고개를 빠끔빠끔 내밀며 "바보."하고는 도로 잠수했다.

인후는 바람을 헤치고 나아가기에 격랑을 헤치고 나아가는 우리보다 한참 빠르게 질주한다. 어느덧 인후 무리가 저만치 사라져갔다. 무리 끝에 꽃상여 바구니를 지고 가는 아이들이 뒤따른다. 상여에 담긴 꽃잎이 나비처럼 수면에 내려앉는다. 순례 중에 명을 달리한 일족에게, 어쩌면 이번 순례 중에도 떠나갈 이들에게 바치는 꽃이다.

우리 무리 뒤에도 지푸라기로 엮은 꽃바구니를 머리에 인 어린 인어들이 뒤를 따른다. 상여꾼이 물장구칠 때마다 바구니에서 꽃잎이 흐른다. 물결에 애도를 흘려보낸다.

누군가는 길에서 생을 마친다. 격랑에 삼켜지고 부서진다. 하지만 그 또한 순례의 일부다. 그 덧없음이 생명을 빛나게 한다. 주검들이 늘 우리와 함께하듯이.

$*$

어린 날 딱 한 번 주검을 가까이서 본 적이 있다.

그들은 멀리서 보면 큰 돌 석상이나 바위산처럼 보

인다. 밤공기처럼 느릿느릿 움직인다. 눈코입은 없고 얼굴은 매끈하다. 모공에서는 검은 연기가 피어오르는데, 잘못 들이마시면 숨구멍이 막히고 폐가 상한다. 피부는 돌처럼 단단하고 용암처럼 뜨겁다. 그들이 지난 자리마다 나뭇잎은 말라 시들고 가지는 타거나 부러진다. 다리에서는 끈끈한 진액이 흘러 디딘 자리마다 굳는다. 발걸음마다 검고 단단한 돌바닥이 생겨나며, 그 자리는 긴 시간 맹독을 뿜는다. 우리가 아이들이 태어나면 가장 먼저 가르치는 것이 주검이 보이면 무조건 도망치라는 것이다.

어린 날 바다 근처를 노닐다가 해안가에 가득한 조개에 군침이 돌아 뭍 가까이 간 적이 있다. 그때 너울성 파도가 나를 멀리 들어 옮겨 모래사장 한 가운데 떨어지고 말았다. 모래는 태양열에 지진 듯 달아올라 있었다. 죽을힘을 다해 기었지만 하반신은 금세 화상으로 퉁퉁 부었고, 부력이 없는 지상에서는 기압이 바윗돌처럼 폐를 짓눌렀다. 온몸의 뼈가 으스러지는 듯했고 물기가 마른 피부는 이내 숨을 쉬지 못했다. 나는 고통 속에서 기력을 잃고 쓰러졌다.

그때 저 멀리서 한 작은 주검이 다가왔다. 몸에서 검은 연기를 피워올리고 모래밭을 새까맣게 태우며. 악취를 풍기는 진액을 뚝뚝 흘리고 땅을 단단하게 굳히며. 주검은 정신이 가물가물한 나를 손에 들고 물끄러미 내려다보았다. 주검의 손바닥은 불덩이처럼 뜨거웠다. 썩은 악취를 풍기는 연기에 숨이 타들어 갔다. 지옥 같은 고통이 휘감았지만 몸부림칠 기력조차 없었다. 나는 이대로 주검에 삼켜져 바스러져 버리리라 생각했다. 하지만 그는 어째서인지 해안가로 걸어가 나를 바다로 돌려보냈다. 나는 얕은 바다에서 영문을 모르고 꿈틀거리다 겨우 기력을 회복해 도망쳤다.

사연을 들은 어른들이 말했다. 주검이 너를 잡아먹으려다가 손이 삐끗한 것이다, 발에 치이는 것이 싫어 치운 것이다…….

하지만 나는 그날 이후로 간혹 의문하게 되었다.

혹여 주검도 우리를 아름답다고 여길 때가 있을까. 우리가 산 것이며 생명을 소유한 것이라고 느낄 때가 있을까. 살아있는 나머지 죽어 사라지는 것이 안타깝다고 여기기도 하는 것일까. 주검에게도 혹여 마음이 있을까. 그 죽음의 신에게.

✳

물길이 붐빈다. 유속이 아니라 인어 떼가 길을 막는다. 비좁아 어쩔 수 없이 뒷줄로 이동하는 인어도 부지기수다. 물보라와 고함에 정신 사납다. 내 아이들 셋이 궁금한 나머지 지느러미를 열고 내다보다가 도로 들어가다 했다. 저 멀리 폭포 아래 거품 속에서 인어들이 뛰어올랐다 떨어지곤 했다.

나는 북적이는 인파를 피해 잠수했다. 작은 물고기들이 맑은 거품처럼 눈앞을 덮었다. 투명한 물살에 깎인 조약돌들이 생물처럼 도르르 굴렀다. 갯가재와 새우들이 물이끼를 핥으며 지나갔다. 나는 수면 위로 솟았고 물안개로 자욱한 폭포 앞에 이르렀다.

높다. 아득했다. 다들 다투어 뛰지만 힘이 모자라 도로 추락한다. 너무 높이 뛰다가 제대로 착지하지 못해 다치는 인어도 속출한다. 어딘가 부러지거나 찢겨 강가로 나와 쉬는 이들도 많았다. 나는 정신을 다잡았다.

"꼭 붙들렴, 얘들아."

아이들은 결연한 태도로 내게 딱 붙었다. 나도 배지느러미를 접어 아이들을 단단히 붙들었다. 나는 멀리 물러났다가 잠수하며 속도를 올리다가 각도를 높여 용솟음쳤다.

손을 뻗었지만 닿지 않았다. 추락하며 수면이 돌처

럼 몸을 올려 치는 바람에 등이 부러지는 줄 알았다. 그
러고도 속도가 줄지 않아 강바닥에 부딪힐 뻔했다. 나는
죽을힘을 다해 꼬리를 흔들어 겨우 상승했다. 내 바로
옆에서는 인어 하나가 강바닥에 이마를 부딪쳐 피를 뿜
고 있었다. 추락의 충격으로 두둥실 떠 있는 인어도 보
인다. 약사 인어들이 허둥지둥 오가며 그들을 돌보고 있
었다.

　높다, 나는 좌절했다. 딱 한 뼘만 낮았어도.

　뒤에서 움 원로의 고함이 들렸다. 그 큰 성량에 공기
가 떨리며 진동한다. 원로를 업은 재아가 뿔피리를 불었
다. 나팔수들이 연이어 뿔피리를 불었다. 그러자 인어들
이 일사불란하게 양옆으로 갈라졌다.

　우나가 갈라진 길 저 끝에 나타났다. 바위에 걸터앉
으며 목과 팔을 두둑 꺾었다. 근육이 불끈불끈 솟았다.
우나가 갈채 속에서 잠수했다.

　강물이 갈라진다. 우나는 인어 사이를 질주해 수면
을 박차고 물보라 속에서 뛰어올랐다. 내 아이들이 환호
성으로 응원했다.

　'짧아.'

　나는 생각했다. 우나는 괴성을 지르며 허공을 꼬리
로 치며 날았다. 우람한 팔을 높이 뻗었다. 하지만 채 벼

랑머리에 이르지 못한다. 우리는 탄식했다. 추락하던 우나가 튀어나온 바위를 잡고 매달렸다. 근육이 툭툭 불거졌다. 허공에서 꼬리가 파닥였다.

우나는 기합을 넣으며 암벽을 타고 기어오르기 시작했다. 두 팔로 폭포를 헤치며 올랐다. 우리는 우나가 한 뼘 오를 때마다 환호했다. 하지만 물은 바윗돌처럼 머리를 치고 돌은 이끼로 번들거린다.

무리야, 나는 생각했다.

"우나, 내려와라!"

응원을 주도하던 움 원로가 마침내 명했다. 우나가 멈췄다. 한 팔로 몸을 지탱하고 숨을 몰아쉬며 아래를 내려다보았다. 틀렸어, 나는 이어 생각했다. 우나는 이미 지쳤다. 다음 도약은 방금보다 높을 수 없다.

잠시 생각하던 우나가 미소를 지은 채 어딘가로 손을 뻗었다.

"바라."

우나가 제 후계인 누이 바라를 불렀다.

바라는 바로 알아들었다. 바라는 날쌔게 모래톱에서 뛰어내렸다. 햇살 같은 금빛 꼬리를 파닥이며 물살을 헤치고 나아갔다. 바라는 첫 도약에서는 우나의 손을 놓쳤다. 하지만 다음 도약에서는 잡았다. 우나가 모두의 환호성 속에서 큰 기합과 함께 바라를 던져 올렸다.

인어들이 다투어 뛰었고 우나가 인어들을 잡아 올려주었다. 하지만 한계는 분명했다. 우나의 상반신이 붓고 달아올랐다. 폭포 안은 반쯤은 지상이다. 기압이 우나를 짓누르고 있었다.

"누부!"

우나가 반쯤 비명을 지르듯이 불렀다. 멀리서 다친 인어들을 돌보며 배회하던 누부의 눈에 생기가 깃들었다.

누부는 곧바로 잠수해 헤엄쳤고 도약했다. 용솟음치며 날아올랐다. 누부는 꼬리지느러미로 폭포를 딛듯이 차며 2차로 도약했다. 우나의 손바닥을 꼬리로 가볍게 차며 더 높이 상승했다. 누가 봐도 누부는 스스로 폭포를 넘을 수 있었다. 하지만 벼랑머리를 넘는 대신 공중에서 회전한 뒤 도로 하강하며 폭포 중턱에 자리를 잡았다. 꼬리지느러미를 바위틈에 잘 끼워 넣은 뒤 물구나무를 서듯 몸을 뒤로 젖혔다. 누부가 나를 돌아보았다.

"리로!"

그 말에 내 주위의 인어들이 일제히 물러났다. 나는 생각했고 고개를 저었다. 나는 이미 시도했고 충분히 위험을 감수했다. 다시 추락했을 때 아이들이 무사하다는

보장이 없었다. 작은 아이들은 폭포 아래의 역류와 소용
돌이에 휘말려 몸이 찢기거나 멀리 휩쓸려갈 수도 있었
다. 나는 다른 이에게 기회를 양보하려 두리번거렸다.

"엄마, 가요."

루가 내 등지느러미로 기어오르며 말했다. 레이가
뒤따라나오며 말을 이었다.

"뛸 수 있는 인어가 가야지요. 우리는 뒤에 남을게
요. 누구든 우릴 돌봐줄 거예요."

셋째 란도 자매들을 뒤따라 올라왔지만 아무 말도
하지 않았다. 대신 내 지느러미를 단단히 끌어안았다.

우리는 언제나 빠르게 판단한다. 직관을 따른다. 한
숨에 운명을 정한다. 그러지 않으면 삶은 물살에 휩쓸리
고 만다.

옆에서 두 아이를 안고 있던 다른 엄마가 다가와 재
빨리 내게서 루를 데려갔다. 루가 나를 흘긋 보았다. 그
눈빛이 마지막 인사였다. 새엄마의 아이들이 루에게 몸
을 부비며 환영 인사를 했다. 지체없이 새 가족이 만들
어진다. 레이는 내 등에서 홀로 뛰어내렸다. 혼자 갈 생
각이다. 내가 안 돼, 무리야, 하고 생각할 무렵 다른 가족
이 레이를 두 손에 건져 들었다. 아이가 없는 부부였다.
둘은 레이를 품에 안았다. 그러다 포유류의 상반신 체온

에 화상을 입기 전에 얼른 배지느러미를 접어 레이를 담았다. 레이도 눈빛으로 내게 마지막 인사를 했다.

란은 꼼짝도 하지 않았다. 돌기 같은 팔로 내 비늘을 꼭 움켜쥘 뿐이다.

"가자. 란."

내가 물보라 속에서 말했다.

"네가 떨어지지 않을 줄 알아."

란이 기뻐 웃었다.

아니, 나는 모른다. 지금 란에게 그 말이 필요할 뿐이다. 까딱 잘못 추락해 돌판 같은 수면에 내동댕이쳐지면 란의 부드러운 몸은 터져 버릴지도 모른다. 하지만 란은 선택했다. 그 또한 아이의 몫이었다. 생사는 물결만이 안다.

나는 인어들 사이로 난 물길을 최대한 멀리 되돌아갔다. 란이 아가미를 활짝 열어 물을 한껏 몸에 받아들였다. 나도 숨을 크게 들이쉬고 깊이 잠수했다. 팔을 붙여 몸을 유선형으로 만든 뒤 물살을 뱀처럼 갈랐다.

물보라가 치솟았다. 햇살이 눈부셨다. 란이 내 젖은 지느러미 안쪽에서 숨을 꾹 참는 것이 느껴졌다.

누부가 바위틈에 거꾸로 매달린 채 내게 손을 뻗었다. 나는 꼬리지느러미로 누부의 양손을 밟으며 2차로 도약했다. 누부가 나를 힘차게 날려 보냈다.

전나무숲이 저 멀리 낮아졌다. 강물에 옹기종기 고개를 내민 인어들이 조그맣게 내려다보였다. 저 멀리 우리가 지나온 굽이치는 강물이 눈에 들어왔다. 강변에 핀 노란 야생화들이 춤추듯 물결쳤다.

나는 폭포 위에 안착했다. 유속에 휩쓸리지 않도록 몸을 깊이 가라앉혔다가 바위를 차며 전진했다. 물굽이까지 나아가 모래톱에서 숨을 돌렸다. 한숨 돌리자마자 허겁지겁 지느러미를 열었다. 란이 눈을 뒤룩거리며 내 비늘에 매달려 있었다. 나는 란을 품에 꼭 끌어안았다.

"내 용사, 견딜 줄 알았어."

달달 떨던 란이 환하게 웃었다. 먼저 날아와 모래톱에 모여 있던 이들이 나를 반겼다. 그 후로도 하나, 둘, 인어들이 튀어 올랐다. 모두가 자기가 어떻게 폭포를 넘었는지 자랑하느라 여념이 없다.

얼마나 지났을까, 바위가 추락하듯 풍덩, 하는 소리가 들렸다. 우리는 얕은 도랑을 찰박이며 기어가 벼랑머리로 다가갔다.

우나가 폭포 아래에 배를 드러낸 채 둥둥 떠 있었다. 숨이 거칠었다. 바깥에 너무 오래 노출된 나머지 하반신이 붉게 익어 있었다. 무거운 기압에 뼈 몇 개는 부러진 듯 보였다.

바라가 우나를 애처롭게 불렀다. 허덕이던 우나가 지그시 웃으며 손가락을 높이 들어 바라를 가리켰다. 바라는 잠시 눈을 감고 있다가 받아들였다. 우나는 이 한 번의 도약을 위해 추장이 된 것이다. 혼자서였다면 얼마든지 그 폭포를 넘어섰겠지만, 그랬다면 이 물길을 넘어선 인어는 훨씬 적었을 것이다.

인어들이 더 날아왔다. 누부가 올려보내는 인어들이었다. 누부는 마지막으로 꽃바구니를 진 상여꾼 여자애 하나를 한 팔에 안고 기어 올라왔다.

더 올라오는 인어가 없자 우리는 벼랑 머리에서 작별인사를 나누었다. 움 원로가 남은 이들을 데리고 돌아갈 채비를 했다.

오백이 왔건만 폭포를 넘은 인원은 서른여섯 뿐이다. 앞으로 이런 폭포가 얼마나 더 나올지도 모르는데. 이제 우리는 움 원로도 우나도 없이 가야 한다. 바라는 아직 어리고 체력도 약하건만.

하지만 바라는 의연했다. 인사를 마치고는 돌아서서 바로 형형한 추장의 눈으로 우리를 보았다. 허리를 꼿꼿이 세우며 선언했다.

"후계를 정하겠어요."

바라가 손가락을 들어 곧장 누부를 가리켰다. 우리
는 놀랐다. 이제 겨우 성인식을 치른 아이건만. 하지만
누부는 망설임 없이 받아들였다.

"후계는 넷까지 정하겠어요."

바라가 이어 말했다. 갈 길이 험난하다고 판단한 것
이다. 우리는 이의를 제기하지 않았다. 누부가 긴 고민
없이 나를 보았다.

"내 후계는 리로야."

란이 나를 힐끗 올려다보았다. 나는 잠시 생각했다.
갓난아이를 돌보는 엄마는 직위를 사양하는 편이지만,
지금은 겸양이 미덕이 아니었다.

"받아들이겠어."

내 차례였다. 나는 꽃상여를 들고 마지막에 온 여자
아이의 이름을 물었다. 아이는 상반신마저 어류에 가까
웠다. 2차 성징이 아직 덜 되었거나, 흔한 돌연변이인 듯
했다. 손가락은 두 개뿐이고 눈꺼풀도 없었다. 이빨은
가시 같고 피부는 비늘로 덮여 있었다. 아이는 제 이름
을 말했다. 수니였다.

"내 후계는 수니야."

수니는 그 많은 어린 상여꾼 중에서 홀로 길을 계속
가기를 선택해서 날아왔을 것이다. 강단 있어 보였고 책

임감 있어 보였다. 지금 직관보다 느리게 판단할 수는 없었다.

　새 추장 바라가 전진을 명했다. 나는 떠나기 전에 벼랑 아래를 살폈다. 멀어서 루와 레이는 보이지 않았다. 하지만 그들의 새 가족을 확인할 수 있었고, 가족들의 몸짓에서 아이들의 자리를 확인할 수 있었다.

　내 아이들은 살아갈 것이다. 그러다 또 다른 가족에게로 입양될 수도 있다. 무리와 흩어져 홀로 자랄 수도 있다. 물길에 운명을 맡기고 나아갈 것이다.

✳

　바라는 생각보다도 느렸다. 많이 허덕이고 많이 쉬었다. 누부는 속도가 맞지 않아 멀리까지 갔다 돌아오기를 반복했다. 나쁜 지형이 나오면 더 느려졌다. 이러다 약속의 날에 딱 맞게 아우라지에 이르지 못할까 봐 걱정되기 시작했다. 다른 지류에서 온 이들은 우리를 기다리느라 더 오래 배회해야 할 것이다. 그러다 큰 새 무리나 곰, 늑대, 들개 무리가 모여들 수도 있다. 그러다 그들의 추장이 이번 산란을 포기하고 돌아간다는 결정을 내릴 수도 있다. 그러면서 게으르고 무례한 부족이라고 뒤에

서 흥볼지도 모른다. 초조해졌지만 불평할 도리도 없었
다. 바라는 최선을 다하고 있었다.

얼마나 갔을까, 열심히 헤엄치던 바라가 문득 눈이
휘둥그레져서 강가에 늘어선 전나무 숲을 보았다. 우리
도 헤엄을 멈췄다.

숲이 끊어져 있다. 시시가 말했던 풍경이다. 하지만
듣는 것과 보는 것은 달랐다.

나무들 밑동이 모두 파먹히듯이 잘려 있었다. 숲이
끊겨 생겨난 길 양옆의 나무들은 야수가 뜯어먹은 듯 찢
겨 있었다. 껍질이 떨어져나갔거나, 허리가 꺾이거나 세
로로 쪼개져 쓰러져 있었다. 새까맣게 타 숯이 되어버린
수목도 있다. 뿌리가 다 잘리는 바람에 죽어 앙상한 가
지만 남은 것도 있다. 숲은 저 멀리 지평선까지 한 줄로
균열이 나 있다. 끊김은 강 이쪽에서 저쪽으로 이어지고
있었다. 단절이 생겨난 강 주변에는 나뭇가지와 낙엽,
넘어진 나무로 생겨난 작은 댐이 거품을 일으켰다.

"주검이 지나간 자리야."

내가 란에게 속삭였다. 나무에서 연기가 나는 것을
보니 그리 오래되지도 않았다.

길 주변으로는 인후 무리가 배회한 흔적이 남아 있
었다. 풀이 누워 있었고 가지가 꺾여 있었다. 숲을 오가

며 달리 넘어갈 길이 없는지 찾아 헤맸을 것이다. 하지만 숲은 잔인하리만치 틈새 하나 없이 깔끔하게 둘로 나뉘어 있었다. 인후들은 어쩔 수 없이 주검의 영역을 지날 수밖에 없었을 것이다. 저 잔혹한 죽음신의 땅을.

"잘 지나갔겠지요?"

란이 걱정하며 내게 물었다.

"우리들이 폭포를 지나왔듯이요."

물론 우리들도 잘 지나오지 않았다. 하지만 그리 믿는 수밖에.

앞서가던 누부가 헤엄을 멈췄다. 무슨 일인가 싶어 따라가다 나 또한 멈칫했다. 길이 또 끊겨 있다. 아까보다도 넓다.

두 번째 단절.

이번 단절은 더 거칠었다. 불타고 쪼개져 쓰러진 나무둥치가 강바닥에 수북하게 쌓여 있었다. 물길이 막히는 바람에 작은 물고기들이 넘지 못하고 방황했다.

끊김이 둘이나……, 하고 생각하던 찰나 불안이 깃들었다. 나는 도약했다. 도약하며 멀리 보았다. 주검이 하나가 아니었다. 둘도 아니었다. 열이 넘는 주검이 각자 다른 길로 향하며 숲을 파헤치고 있다. 숲은 큰 불타는 뱀이 기어간 듯이 구불구불 갈라져 있었다. 저 멀리서 나무들이 무너졌다. 으스러지고 깨졌다. 땅이 지옥의 입구처럼 입을 벌리고 지상에 있는 것들을 게걸스레 삼켰다. 놀란 짐승들이 뛰어다니고 새들이 후둑후둑 날아오른다.

"엄마, 인후들이에요."

란이 지느러미 속에서 속삭였다. 란의 말은 거품을 통해 피부로 전해졌다. 나는 란에게 조용히 있으라는 뜻으로 꼬리를 퉁 쳤다.

"인후들은 우리들보다 훨씬 빨라. 지금쯤은 벌써 아우라지에 도착했을 거야."

"숲이 어수선해요."

란이 말했다.

"인후들이 지금 주검의 길로 달리고 있어요."

땅이 뒤흔들렸다. 바람이 비명을 질렀다. 나무가 뚝뚝 쓰러지는 소리가 들렸다. 새들이 숲 위로 떼지어 솟아나 날아올랐다. 작은 짐승들이 우수수 흩어졌다. 지금 막, 아주 가까이에서 생겨나는 단절이다. 누부가 잠수하여 가장 먼저 헤엄쳐갔다. 우리도 뒤를 따랐다.

지진이 난 듯 땅이 흔들렸다. 텁텁한 악취에 기절할 듯했다. 큰 나무가 우두둑, 소리와 함께 무너졌다. 불꽃이 일고 재가 솟구쳤다. 산처럼 거대한 주검신이 숲을 부수고 나와 강을 지나고 있었다. 머리에서는 검은 연기가 나고 피부는 용암처럼 녹아 흘렀다. 피부가 떨어질 때마다 수면이 끓었고 검은 거품이 솟았다. 우리는 바라의 지시에 맞춰 본류를 피해 옆으로 난 도랑을 따라 일렬로 헤엄쳤다.

주검이 발을 뗄 때마다 바닥이 검게 녹아 붙었고 지나간 자리에서는 악취가 났다. 주검의 머리에서 솟은 연기와 재로 하늘이 침침했다. 강 물결 위로도 불똥과 재, 진액이 쏟아져 내렸다. 작은 짐승들이 연기에 숨이 막혀 강으로 대피했다가 물에 익사하고 있었다.

주검은 무심히 강을 건너 건너편 숲으로 향했다. 강이 검게 물들며 부글부글 끓었다. 주검의 얼굴은 돌처럼 매끈했다. 눈도 귀도 코도 입도 없다. 지나가는 길에 무엇이 있는지도 모른다. 물에 둥둥 뜬 작은 물고기들을 무심히 짓밟는다.

우리는 주검이 지나간 길 앞에 함께 멈췄다. 인후들이 주변을 서성이고 있었다. 주검신이 이제 막 지나간 길에. 단절은 이십 미터에 가까웠다. 도저히 인후들이 날아 뛸 수 없는 거리였다.

내 뒤에서 갑자기 어린 상여꾼 수니가 비명을 질렀

다. 길가에 인후 시신 몇 구가 누워 있었다. 질식해 눈이
돌아 있거나 악취에 게워낸 자기 토사물에 머리를 박고
쓰러져 있었다. 누군가는 팔다리가 뜯겨나갔고, 누군가
는 화상을 입고 있었다. 누부는 눈을 크게 뜨고 시신 한
구 한 구를 살폈다. 누구를 찾는지는 묻지 않아도 알 수
있었다.

　인후들은 단절을 중심으로 둘로 갈라져 있었다. 길
을 무사히 건넌 이들은 고작 열 명 남짓인 듯했다. 건너
지 못한 어른들은 공포로 정신이 나간 아이들을 달래고
있었고 넘어간 이들도 반쯤은 제정신이 아닌 듯했다.

　새카맣게 다져지고 달아오른 주검의 길 중앙, 튀어
나온 작은 바위 위에 인후 아이들 셋이 발끝으로 선 채
오도 가도 못하고 울고 있었다. 바위 주변은 독성이 가
득한 끈적끈적한 진액으로 채워져 있다. 아이들은 서로
에게 밀려 발이 빠지고, 넘어지는 친구를 서로 일으켜
세우며 겨우겨우 버티고 있었다.

　시시는 건너간 인후들 중에 있었다. 온통 상처투성
이였는데도 함께 간 다른 이들을 돌보느라 여념이 없었
다. 누부는 시시를 보았지만 시시는 누부를 보지 않았
다. 시시의 눈은 길에 고립된 아이들에게 꽂혀 있었다.
결심이 그 눈에서 빛났다.

시시가 땅을 박찼다. 박찬 자리에 잔상이 남았다. 질
풍처럼 나무를 타고 올랐다. 그 어느 때보다도 빨랐다.
거의 나무를 딛지도 않는 듯했다.

시시는 주위에서 가장 높은 전나무 끝까지 올라가
나뭇가지를 크게 기울여 밟은 뒤 아이들을 향해 표범처
럼 뛰어내렸다. 시시는 아이들 바로 앞에 정확히 착지했
다. 발바닥에서 살타는 냄새와 함께 연기가 피었다. 다
리에 꿈틀거리는 점액이 달라붙어 거머리처럼 기어올
랐다. 시시는 아픈 기색 하나 없이 아이 둘을 양 옆구리
에 안고 뛰었다. 세 번의 도약 끝에 길 바깥에 도달했다.

그 세 번의 도약만으로 시시의 발은 타고 녹아 붙었
다. 다른 인후들이 모여 시시의 발에 붙은 점액을 떼어
내려 했지만, 점액은 인후들의 손에 달라붙어 잘 떼어지
지 않았다.

여전히 도로 중앙에는 아이 하나가 홀로 남아 울고
있었다. 시시가 인후들을 밀치고 일어나 다시 나무를 타
려 했지만 둥치에 발을 대자마자 고통에 소리를 지르며
도로 추락하고 말았다. 인후들이 시시를 만류했다.

란이 비명을 질렀다. 도로 저 멀리서 또 다른 주검이
굉음과 함께 질주하며 다가오고 있었다. 방금 본 주검만
큼이나 큰 것이었다. 정육면체를 수십 개 다져 뭉친 듯

한 형체였고 몸에서는 검은 연기가 피어올랐다. 바윗덩이처럼 구르며 방금 만들어진 길을 달려왔다.

시시는 일어났다. 이번에는 나무를 오르지 않았다. 눌어붙은 다리로 주검의 땅을 딛고 달렸다. 누부가 고함치며 시시를 불렀다.

*

인후들은 해가 뉘엿뉘엿 질 때쯤에야 나무 사이에서 하나둘 고개를 내밀었다. 강단 있어 보이는 한 인후가 길바닥에 누운 시시에게 다가가 팔에서 아이를 안아 들었다.

아이는 울며 발버둥 쳤다. 시시에게서 떨어지지 않으려 했다. 시시는 하반신이 날아가 있었다. 내장이 하반신에서 흘러나왔고 흘러나온 내장은 이미 길에 녹아붙고 있었다.

누부는 바라와 나에게 그만 놓으라고 했다.

"이제 놔. 가지 않을 테니까."

바라와 나는 서로 눈치를 보았다. 나는 누부의 양팔을, 바라는 허리 아래를 온몸으로 붙든 채 매달려 있었다. 우리는 조심조심 물러났다.

축축한 자갈밭이라면 우리도 어찌어찌 기어갈 수 있겠지만 시시의 시신은 반은 주검의 영역에, 나머지 반은 삐죽삐죽 솟은 잡풀과 가시덩굴로 가득한 숲에 놓여 있었다. 지상식물은 물풀과 달리 단단하고 날카롭다. 우리의 하반신은 삐죽이 자란 잡풀에도 속절없이 찢겨나간다. 누부도 알기에 우리를 탓하지 않았다.

누부는 말이 없었다. 침묵이 짙었다.

인후 상여꾼 아이가 시시의 위로 꽃잎을 부었다. 색색의 꽃이 시시의 눈에 덮였다. 꽃잎 하나가 바람에 실려 날아와 누부의 어깨에 얹혔다. 누부는 꽃잎을 귀에 꽂았다.

뿔피리 소리가 노을 속에서 울려 퍼졌다. 인후 무리가 둘로 갈라졌다. 열 명 남짓한 인후들이 순례를 이어 갔다. 나머지 무리는 발길을 돌렸다. 시시는 그 사이에 남았다.

✳

누부는 말이 없어졌다. 우리도 조용해졌다. 누부는 무리하기 시작했다. 평상시보다 멀리 헤엄치고 돌아와서 길 상황을 낱낱이 알리고는 한마디 말도 붙이지 않고 다시 헤엄쳐갔다.

해가 기울었고 별이 빛났다. 달이 뜨고 반딧불이들이 풀숲에서 날아올랐다. 짝을 찾는 여치와 귀뚜라미, 들고양이와 고라니들이 울었다. 우리는 몇 개의 위험한 폭포를 더 넘었다.

"운이 없었어."

내가 누부에게 위로했다.

"하필 주검과 직접 맞닥뜨렸으니까. 시간 차가 조금만 있었더라도 다들 잘 지나갔을 거야. 시시도……."

누부는 아무 말도 하지 않았다. 시선을 피했는데, 나를 마주 보았다가는 험악하게 노려볼 것 같아서인 듯했다. 잘못 없는 인어에게 화를 내려는 자신을 애써 제지하려는 듯했다. 나도 더 말하지 않았다.

"올해 주검신의 활동이 유달리 늘어난 듯합니다."

바라가 우리에게 말했다.

"날이 가물어서일 거예요. 경험만으로 대비할 수 없을지도 모릅니다. 무엇이 나올지 모르니 모두 만전을 기하세요."

'날이 가물어서'는 그저 덧붙이는 말이다. 가끔은 비가 많이 와서라고들 한다. 우리는 언제 주검이 늘고 줄어드는지 모른다. 그들은 간혹 광폭해진다. 아니, 늘 광폭하고 어쩌다 얌전해질 때도 있다는 말이 맞을 것이다. 늘 재해의 신으로서 역할을 다한다. 아마도 그들이 보기에 세상에 생명이 너무 많다고 느껴질 때면 움직이는 듯하다.

나는 문득 어린 날 만난 그 작은 주검을 생각했다. 나는 지금도 그날의 체험을 이해하지 못한다. 주검이 우리를 애처롭게 여길 수도 있을까. 살아있는 나머지 죽는 것이 안타깝다고 느낄 수도 있을까.

생각에 잠겨 있던 나는 무엇인가에 머리를 박았다. 박고 나서는 어리둥절해졌다.

강이 끊겨 있었다. 폭포나 둔덕, 모래톱이나 수초 뿌리가 막은 것이 아니었다. 칼로 잘라낸 것처럼 길이 단절되어 있었다. 나는 믿을 수 없는 심정으로 앞을 더듬었다. 직선, 평면, 부자연스러운 형태, 자연계에 있을 수 없는 것. 소름이 돋았다.

'주검의 영역.'

처음 보는 것이었지만 바로 알 수 있었다. 주검이 만든 단절이다.

나는 고개를 들었다. 수직의 매끄러운 평면이 산처럼 치솟아 있었다. 나는 몰아치는 불안을 애써 억누르며 주변을 살폈다. 강 저편에서 이쪽 끝까지 틈새 없이 닫혀 있다. 드높고 단단하고 두꺼운 것이.

뒤따라오던 인어들이 모두 벽에 와 부딪쳤다. 닫힌 길을 뚫고 지나가려 머리를 쿵쿵 박고 벽을 긁었다. 몇 인어들은 그러느라 금세 손이 피투성이가 되었다.

"누부, 강바닥을 살펴요."

바라가 명했다.

"나머지는 좌우로 흩어져서 길을 찾으세요."

누부는 바라의 말이 끝나기도 전에 잠수했다. 나는 강가로 헤엄쳐갔다. 직선의 벽이 강 끝까지 이어져 있었다. 강 끝에는 그래도 틈이 있을 줄 알았건만, 강변마저도 칼로 잘라낸 듯 꽉 틀어막혀 있었다. 강을 막은 눈앞의 장벽과 한치의 틈새도 없이 맞물려 있었다. 위험을 무릅쓰고 땅으로 올라가 흙 위로 기어 건너가 보려 해도, 강변이 다 단단하고 높은 경사로로 막혀 오를 도리가 없었다.

길을 찾는 가운데 계속 위화감이 일었다. 강이 낯설었다. 본래 이 강이 이토록 넓었던가?

그제야 소름이 돋았다. 강굽이가 사라져있다. 물길에 여울목도 모래톱도 없다. 강이 칼로 깎아낸 듯한 직선이었다.

　　나는 잠수했다. 벽은 강바닥까지 이어져 있었다. 바늘 하나 샐 틈 없이 무자비하게 막혀 있었다. 나는 벽 아래 강바닥을 손으로 파 보았다. 아무리 파도 단절의 끝이 보이지 않았다. 자욱한 모래가 시야를 가릴 뿐이었다. 벽은 천 년을 살아온 나무처럼 저 아래까지 깊이 뿌리내리고 있었다.

　　"엄마."

　　란이 지느러미 속에서 말했다. 가만있어, 엄마 바쁜 것 안 보이니, 나는 속으로 조금 짜증을 냈다.

　　"엄마, 숨이 차요."

　　란의 목소리가 가늘었다. 그제야 나도 숨이 가쁜 것을 깨달았다. 나는 떨리는 손으로 목과 지느러미를 매만지며 둘러보았다.

　　강이 깊다. 막막하다. 아우라지 앞이 원래 이토록 깊은 강이었던가. 이전에 왔을 때는 자갈이 꼬리지느러미를 간지럽히고, 깨끗한 모래가 비늘 사이에 쓸려 들어왔다 나가곤 했건만.

　　그리고 적막했다. 늘 물거품처럼 몰아치며 지나던 버들치와 피라미떼가 단 한 마리도 없다. 숭어와 눈치와 강준치, 모래무지와 쏘가리도 없다. 강을 가득 채우며 떼로 오가던 그들이 단 한 마리도 없다. 강바닥에 그 많던 갯가재와 펄조개와 새우도 없다. 하다못해 잠자리나 하루살이 애벌레조차도 없다.

상황을 이해할 수가 없었다. 나는 그제야 뜨거움을 느꼈다. 물이 달아올라 있다. 나는 공포에 사로잡혀 위를 보았다. 수면이 지나치게 멀고 어두웠다. 깜깜한 나머지 햇빛조차 닿지 않는다. 강이 멎어 있다. 물결 하나 없다.

'물이 너무 깊어.'

나는 생각했다.

'너무 깊어.'

정지한 물이 햇빛에 달구어지고 있었다. 보통의 물질은 뜨거우면 가벼워지고 차가우면 무거워지지만, 물은 그렇지 않다. 얼음은 물보다 가볍다. 물에 뜬다. 그래서 물은 얼기 전 4도에서 가장 무겁다. 그보다 차가워지면 도리어 가벼워진다. 이때 찬물이 위로 오르고 따듯한 표면이 아래로 내려오는 전도 현상이 일어난다. 날이 서늘해지는 가을에 종종 일어나는 일이다. 그런데 날이 선선해져 따듯한 물이 강바닥까지 가라앉았지만, 물이 너무 깊은 나머지 유속이 느려 열이 흐르지 않고 바닥에 쌓인 것이다.

그리고 흐렸다. 너무 깊어지는 바람에 무거워진 물

이 강바닥을 다 파헤쳐 놓았다. 그렇게 파헤쳐 부드러워
진 바닥에서 유속이 느려진 강물로 흙모래가 떠올랐다.
이 뜨거운 흙탕물을 가득 메운 것은 보푸라기 같은 플랑
크톤뿐이었다. 그마저 과도하게 증식한 나머지 반쯤은
죽어 부패했다. 그 사이로 붉은 핏줄기 같은 실지렁이와
깔따구가 떠돌고 있다.

　　나는 공포에 잠시 멎었다가 란의 숨넘어가는 소리
에 정신을 차리고 상승했다. 허겁지겁 지느러미에서 아
이를 꺼냈다. 그러다 비명을 질렀다. 내 배지느러미에
붉은 실지렁이와 깔다구가 가득 끼어 기생충처럼 꿈틀
거리고 있었다. 란의 아가미에도 실지렁이가 가득했다.

　　란의 눈은 돌출되어 있었고 충혈되어 있었다. 입에
서는 거품을 물었다. 고통스럽게 뻐끔거린다. 나는 허
겁지겁 란의 아가미에서 실지렁이를 뜯어내었다. 아가
미로 들어왔다 나가는 물이 끈적끈적했다. 아이가 숨 쉴
수 있는 물이 아니었다.

　　정신을 놓고 란을 물 밖으로 꺼냈지만 란이 공기를
호흡할 수 없기는 마찬가지였다. 나는 란 주변의 수초를
손으로 헤쳐내며 헛되이 물을 맑게 만들려 했다. 다른
인어들도 모여들어 함께 도왔다. 그러는 가운데 옆에서
누군가가 구토하며 배를 잡고 몸을 뒤틀었다.

누부가 저 멀리에서부터 물살을 헤치며 다가왔다. 얼마나 주변을 헤맸는지, 몸에 수초와 흙이 온통 엉겨 붙어 있었다.

"저쪽에 길이 있어."

누부의 말에 우리는 함께 황급히 헤엄쳤다.

✳

드높은 담 옆에 도랑처럼 좁은 물길이 있었다. 나는 그 앞에서 안도와 절망을 동시에 느꼈다. 그것은 길이라기보다는 폭포에 가까웠다. 담에 비하면 길이라고 불러도 좋을 것이었지만 직각으로 각지고 층이 져 있었다. 모서리가 칼날 같았다.

계단마다 우리가 목숨을 걸고 넘었던 그 폭포처럼 높았다. 낙차가 커서 물이 거품을 일으키며 쏟아졌다. 물살이 너무 빨라 몇 인어들은 길목 가까이에도 이르지 못하고 밀려났다. 물이 역류를 일으켜 도약도 어려웠다. 탁류에 거품이 끼어 앞도 잘 보이지 않았다.

그래도 거기서 란은 겨우 진정했다. 허덕였지만 숨통이 트인 듯했다. 물이 얕고 유속이 빨라 아까보다는 차가웠고, 물보라와 거품이 공기 중의 산소를 섞어주어서 그나마 숨 쉴 수 있었다.

이런 것이 대체 왜 있을까. 나는 이해할 수 없었다. 이 길목은 그날, 나를 주워들어 물로 돌려보내 준 주검의 손길보다도 더 기괴한 것이었다. 이 잔혹한 조롱 같은 배려는 무엇을 위한 것일까.

누부는 물길 저 위쪽을 보았다. 계단은 하늘까지 이어져 있었다. 높은 나머지 너머가 보이지 않았다.

"지날 수 없는 길입니다."

누부가 말했다.

"더는 못 가요. 돌아가야 합니다."

몇 인어들이 숨을 삼켰다. 누부의 입에서 그런 말이 나오리라고는 상상도 못 했다. 누부의 눈은 잠잠했다. 바라가 우리가 지나온 길을 한참 돌아보았다. 길은 아득했다.

"불가합니다."

바라가 말했다.

"돌아가는 길도 주검으로 가득해요. 주검은 계속 활동하고 있고 단절은 올 때보다 더 늘어났을 겁니다. 우리는 지쳤고 먹을 것과 휴식이 필요해요. 아우라지는 코앞이고, 희생을 감수하려면 전진을 위해 해야 합니다. 우리에게 희망을 걸고 있는 일족들을 생각해 보세요."

　그리고 내 아이를 바라보았다.

　"란은 돌아가는 길을 견딜 수 없어요. 하지만 아우라지에는 다른 지류에서 온 의사들이 기다리고 있을 거예요."

　누부는 더 말하지 않았다. 바라는 말을 마치고 침묵했다. 바라의 하체는 무릎 부위 아래에서부터 꼬리지느러미까지 둘로 갈라져 있었다. 방금 계단을 살피다가 다친 듯했다. 피가 강물에 희석되어 분홍빛으로 흘러갔다. 바라는 돌아갈 수 없고 전진할 수도 없다. 그저 길을 정했다.

　"누부가 새 추장이에요."

　바라가 마지막으로 말했다. 누부는 답하지 않았다. 받아들인다는 뜻이었다. 누부는 계단을 올려다보았다. 추장이 바뀌었으므로 새 추장은 우리의 길을 새로 정할 수 있었다. 하지만 누부는 말했다.

　"갑시다."

　우리는 길목에서 탁류에 휩쓸려 휩쓸려가고 되돌아오기를 반복했다. 몰아치는 역류가 우리를 계속 삼키고 내뱉었다.

　"엄마."

란이 지느러미 속에서 쌕쌕거리며 속삭였다. 내 기운을 북돋기 위해 애써 밝게 말한다.

"엄마가 갈 수 있다는 걸 알아요."

"나도 알아."

아니, 나는 모른다. 란에게 그 말이 필요할 뿐이다.

나는 지느러미를 단단히 닫고 숨을 깊게 고른 뒤 잠수했다. 자라처럼 바닥에 납작 엎드려 두 팔로 계단을 짚으며 팔 힘으로 전진했다.

아까보다는 상황이 낫다지만 이 물에도 산소는 충분하지 않았다. 마치 뜨거운 진흙탕 속을 헤엄치는 듯했다. 미끌미끌한 녹조가 비늘에 쩍쩍 달라붙었고 썩은 물이 비늘로 파고들었다.

나와 함께 바닥을 기다가 더는 숨을 참지 못하고 수면 위로 고개를 내민 한 인어가 격류에 목이 꺾여 휩쓸려갔다. 날카로운 계단 모서리가 폭포를 구르는 그의 몸을 반으로 툭 부러뜨렸다. 피 냄새가 자욱하게 퍼졌다. 옆에서 팔을 부들부들 떨며 버티던 인어가 미끄러운 계단을 놓쳐 떠내려갔다. 나는 돌아보지 않았다. 돌아볼 수 없었다.

바닥에는 짚고 넘을 모래 한 알, 조약돌 하나 없었다. 잔혹한 딱딱함뿐이었다. 폐가 터질 것 같았지만 나

는 고개를 들지 않았다. 그러는 새 다른 인어가 목을 틀
어쥐고 구토하다가 속절없이 떠내려갔다.

그렇게 얼마나 기었을까, 마침내 더 짚을 것이 없어
졌다. 공허가 앞에 떨어졌다.

나는 아까보다도 더 고요하고, 더 짙은 물에 도달했
다. 썩은 녹빛 물이 나를 에워쌌다.

나는 수면 위로 몸을 내밀었다. 머리카락에 얽혀드
는 수초와 꾸물거리는 붉은 깔다구를 치우고 보니, 막막
한 강에는 나뿐이었다.

아니, 그것은 더 강이라 부를 수 없는 것이었다. 강
은 아득했고 호수처럼 넓었다. 주검처럼 직선이었다.

바람 한 점 없다. 새소리 하나 없다. 벌레조차도 울
지 않았다. 강은 물고기에게는 너무 깊었고 새가 머물며
쉬기에는 모래톱 한 뼘 없었다. 강은 주검에게 삼켜져
있었다.

나는 기다렸지만 아무도 올라오지 않았다. 적막뿐
이었다. 한참 만에 누부가 수면에서 고개를 내밀었다.
누군가의 손을 꼭 잡고 있었다. 누부가 그 손을 높이 들
어 수면 위로 꺼내었다. 수니였다. 하지만 수니는 고요
했다. 누부는 감정 하나 내비치지 않는 눈으로 수니의
뺨을 두드렸다. 입에 숨을 불어넣었지만 아무 반응이 없

었다. 수니의 바구니 바닥에 남아 있던 꽃잎이 흘렀다.

　　누부가 나를 바라보았다. 내 멍한 눈에서 위화감을 느낀 듯했다. 시선을 주면 내가 뜻을 깨달을 줄 알았는지 한참을 보다가 마침내 참지 못하고 물었다. 왜 내가 살펴야 하는 것을 바로 살피지 않는지 다그치듯이.

　　"리로, 란은?"

　　나는 느릿느릿 지느러미를 열었다. 그 안에서 란을 꺼냈다.

　　란은 강하고 용감한 아이였다. 늘 지상을 꿈꾸었다. 빨리 어른이 되기를 고대했다. 제 지느러미로 물살을 헤치고 도약해 공기를 숨쉬기만을 바랐다.

　　란은 그 길목을 지나는 짧은 시간 동안 자라나 어른이 되었다. 흉곽에 단단한 갈비뼈가 자랐고 막은 피부로 덮여 있었다. 목이 생겨나 고개를 떨구고 있었고 눈꺼풀이 생겨나 눈을 덮고 있었다. 두 팔이 생겨나 있었고 굽은 두 팔이 동그라미를 그리는 듯했다.

　　"란, 어른이 다 됐구나."

　　내가 대견해하며 란의 뺨을 쓰다듬으며 말했다.

　　"이제는 혼자 가야지. 엄마 없이도 괜찮겠지?"

　　나를 보는 누부의 눈이 흔들렸다가 침잠했다. 아직 반투명해 들여다보이는 란의 내장에 붉은 실지렁이가 가득했다.

나는 조용히 란을 물에 흘려보냈다. 그 위로 수니의 꽃잎이 덮여 흘러갔다.

✳

이제 둘뿐이다. 저편 강줄기에서도 갖은 고생을 하며 성지로 올 텐데. 산란의 축제를 꿈꾸며, 뒤섞임과 화합 속에서 생명의 찬가를 합창하는 환희를 기대하며. 입을 맞추고 끌어안으며, 생의 기쁨이 꽃처럼 만개하는 축제를 고대하고 있을 텐데. 얼마나 실망할까. 얼마나 행군을 못 했으면 고작 둘만 왔느냐는 핀잔이 쏟아지겠지.

하지만 이대로는 우리도 일족을 이어갈 수 없다. 둘이 한 쌍씩 짝을 맺어 돌아가는 것만으로는 다음 세대가 이어지기 어렵다.

"누부, 무례한 일이겠지만……, 다른 일족을 만나면 그네들 반을 우리 쪽으로 보내달라고 부탁해야 할지도 몰라."

내가 말했다. 누부는 답이 없었다. 누부에게는 추장으로서 지킬 일족이 나 하나뿐이었지만, 그마저도 버거울 만큼 마음이 늙어 있었다. 내가 한 번 더 말하자 누부가 답했다.

"지금 지나온 물길로 돌아갈 수는 없어. 우리가 그들에게 합류해 가는 것이 최선이야."

그 말에 내 눈에 눈물이 맺혔다. 지금껏 한 번도 울지 않았건만, 고작 그 말에 울음이 터졌다.

그토록 여러 번 순례를 떠났음에도 한 번도 고향에 돌아가지 못하리라는 생각은 하지 않았다. 루와 레이를 다른 집에 입양시켰어도, 다시는 보지 못하리라 생각해 보지 않았다. 란이 잠든 물줄기로 되돌아가지 못하리라고도. 설령 새 짝과 함께 다른 물줄기로 멀리 떠나가더라도 언제든 마음만 먹으면 돌아갈 수 있다 여겼다.

내가 울음을 그치지 않자 누부는 바위에 올라앉아 내가 진정하기를 기다렸다.

누부도 우리가 온 길을 돌아보았다. 먼 시선이나마 눈에 담는다. 정든 하구, 새들이 둥지를 틀던 모래톱, 물장구치던 여울목, 큰 물굽이, 물목과 개울, 습지와 둔덕, 금빛으로 부서지는 물비늘 사이를 오가며 숨 쉬고 헤엄쳤던 곳. 누부도 아마 시시의 유해가 잠든 땅을 매년 순례하리라 다짐했으리라. 누부는 이제 시시만이 아니라 유적마저 잃었다. 내가 란이 아니라 무덤마저 잃었듯이.

그래도 계속 가야 했다. 나는 진정하고 다짐했다. 둘

이 가는 것이 아무도 가지 않는 것보다는 낫다.

누부는 바로 짝을 지을 것이고 나도 그리할 것이다. 내 새 아이들의 이름은 란과 루와 레이가 될 것이다. 다음 해에는 그 아이들도 성어가 되어 새 아이를 낳을 수 있을 것이다.

둘인 만큼 임무는 더욱 막중했다. 나는 이제 누구하고든 짝을 지을 것이다. 재지 않을 것이다. 가장 처음 마주친 인어를 끌어안으리라. 알을 잔뜩 낳으리라. 내년에도 그 후년에도 쉼 없이 아이를 낳으리라. 뒤에 놓고 온 죽음만큼 이 생명을 이어가리라.

아우라지가 코앞이었다. 지금 이 큰 강굽이만 지나면, 이 높은 산만 지나면.

향긋한 산수유나무로 가득한 강가, 모래톱에 내려앉은 눈부시도록 하얀 철새들, 햇살 속에서 물거품처럼 뛰어오르는 작은 물고기 떼들, 분홍 연잎 사이로 노니는 갯가재들. 인후들이 나무에서 우리에게 열매를 던지고, 꽃과 조개로 몸을 장식한 인어들이 바위마다 앉아 노래를 부를 것이다. 연잎 사이로 갓 낳은 알이 가득하고, 어린 인어들이 은빛 물보라를 일으키며 뛰놀고 있을 것이다. 기쁜 웃음소리로 물결이 시끌시끌하리라. 그 안에서 아픔은 잊혀지리라. 슬픔도 물살에 흘러가리라.

앞서가던 누부가 어째서인지 멈췄다. 누부는 한참 멈춰 있다가 도약했다. 튀어나온 나뭇가지를 잡고 한 바퀴 맴돌아 올라탄 뒤 멀리 보았다. 나는 누부가 왜 저러나 싶었다. 내가 앞서 가려 하자 누부가 급히 뛰어내려 내 앞을 막아섰다.

"리로, 돌아가자."

누부가 말했다. 엉뚱한 말이었다.

"무슨 소리야. 다 와서는."

나는 조급했다. 누구든 끌어안을 생각으로 몸이 달았다. 누구에게든 생명을 잉태해야지. 산더미처럼 많은 아이를 낳아 길러야지. 강을 내 아이들로 가득 채워야지. 나는 자꾸 뻗어오는 누부의 손을 뿌리쳤다.

"리로, 돌아가자."

'네가 네 입으로 되돌아갈 수 없다고 했으면서!'

나는 조금 화를 내며 누부를 보았다. 그때 누부의 눈을 마주한 순간 나는 공포를 느꼈다. 누부가 그토록 두려움에 사로잡힌 것을 본 적이 없었다. 지옥의 문이라도 본 눈이었다. 나는 함께 공포에 사로잡혀 황급히 손을 뿌리쳤다.

"리로, 보지 않고 돌아가는 게 최선이야. 기억이 남아 생을 괴롭힐 거야."

그제야 비로소 나는 주위를 둘러보았다.

주변이 거무죽죽했다. 강이 햇빛을 반사하지 않는다. 시커멓다. 죽은 녹색이다. 끈적인다. 썩은 수초가 흘러와 몸에 감겼다. 수초에 무엇인가가 엉킨 채 무더기로 떠밀려왔다.

썩어 흐물거리는 알이었다. 알이 떼로 지나자 이어서는 죽은 유생들이 떠밀려 왔다. 충혈된 눈이 튀어나온 채로. 실지렁이와 벌레에게 뜯어먹힌 채로.

나는 말리는 누부를 뿌리치고 헤엄쳤다.

악취가 먼저 덮쳐왔다. 탄 기름처럼 끈끈한 습기가 뒤를 이었다.

아우라지는 주검에 삼켜져 있었다.

인어들이 모두 배를 내밀고 뒤집어진 채 물에 둥둥 떠 있었다. 반은 깔다구에게 파먹혔고 반은 썩어가고 있었다. 물은 썩은 수초로 검푸르게 메워져 있었다. 죽은 인어가 수십, 수백, 아니, 셀 수도 없다. 부패한 시신이 터지며 생겨난 가스가 부글부글 끓고 있었다. 꾸물거리는 구더기가 수면에 한 겹이었다. 구더기도 반은 부패해 시커멓다.

아우라지 주변 나무는 다 찢기고 베어져 밑동만 남아 있었다. 썩은 물가에 말라비틀어진 풀뿐이었다. 여기

서 수백 년은 살아왔던 그 많던 나무들이 단 한그루도 남
지 않았다. 단 한그루도 산수유 열매를 맺지 못했다. 숲
에서 검은 파리떼만이 안개처럼 자욱이 피어났다.

인어들은 주검이 삼켜버린 이 땅에서 우리를 기다
렸을 것이다. 먼 지류에서 온 가문에 예를 다하기 위하
여. 성지에서 새 생명의 싹을 나누기를 바라며.

인어들의 붉게 돌출된 눈들이 멍하니 하늘을 보고
있었다. 그들 중 일부는 놀랍게도 아직 살아 있었다. 하
반신이 반쯤 파먹히고 썩어 문드러진 채로, 입에서 거무
죽죽한 피와 함께 실지렁이와 붉은 깔다구를 토하면서.
실지렁이를 쏟아낸 입이 뻐끔거렸다. 그 입에서 구더기
가 끓었다.

"리로."

누부가 뒤에서 나를 붙들었다.

"가야 해."

나는 어깨에 얹힌 누부의 손을 무심코 보다 기겁했
다. 손이 우툴두툴했다. 퉁퉁 부었고 물집에서 고름이
흘렀다. 나는 누부의 얼굴을 보았다. 핏발 선 눈에서 진
물이 흘렀다. 뺨에는 검버섯이 피었고 보랏빛 혈관이 튀
어나와 있었다. 보는 사이에도 머리카락이 한 움큼씩 빠
져 물에 흘러갔다.

"가자. 추장의 명령이야."

누부는 담담히 말했다. 나는 고개를 더듬더듬 끄덕였다.

움직이려다 하마터면 가라앉을 뻔했다. 꼬리가 뼈처럼 뻣뻣했다. 지느러미가 딱딱하게 굳어 움직이지 않았다. 하반신에 감각이 없었다. 나는 맥없이 내 꼬리를 보았다. 플랑크톤과 죽은 기름으로 덕지덕지 덮인 비늘 사이로 실지렁이가 꾸물꾸물 들어왔다 쓸려나갔다.

"리로, 가자."

누부가 위로조차 없이 말했다. 나는 겨우 움직여지는 팔로 허우적대며 나아갔다. 끈적끈적한 녹조를 가르며 전진했다. 누부가 내 허리를 붙잡고 함께 헤엄쳐 주었다.

꼬리를 파닥일 때마다 불에 타는 듯했다. 몸 한가운데 날카로운 칼이 박혀 움직일 때마다 살을 베어내는 듯했다. 비늘마다 한 뼘이 넘는 가시가 박혀 자비 없이 몸 속을 헤집는 것 같았다.

등 뒤로 악취가 해일처럼 덮쳐 왔다. 파리 떼가 우수수 날아와 하늘을 가렸다. 구더기 시체가 주변을 덮었다. 떼죽음을 당한 알과 유생이 나를 에워쌌다. 어째서인지 누부는 내 등 뒤로 가서 돌아섰다.

나는 뒤를 돌아보았다.

검은 진액 같은 주검의 파도가 높이 치솟았다. 죽은 알과 유생을 가득 박은 주검의 강이. 조각조각 찢긴 인어의 피투성이 살조각을 점점이 박은 것이. 잿더미 같은 검붉은 연기를 높이 피우며.

누부는 두 팔을 벌리고 나를 막아섰다. 그대로 정면으로 주검을 뒤집어썼다. 누부의 몸에 진액이 꿈틀거리며 달라붙었다. 달라붙은 진액에 이빨이 돋아 그 몸을 물어뜯는 듯했다. 끈적이는 것이 엉겨붙은 살이 치익, 소리를 내며 타들어 갔다. 타들어 간 자리에 피가 터졌고 고름이 흘렀다. 고름에 실지렁이가 모여들어 살을 파먹었다. 누부는 한동안 침묵했다.

"리로, 가자."

누부가 나를 돌아보며 말했다. 온화한 말씨였다.

"그래."

내가 답했다. 누부의 눈이 안도했다.

나는 돌아서서 헤엄쳤다. 거의 나아갈 수 없었지만 멈추지 않고 버둥거렸다.

"리로."

누부가 뒤에서 말했다. 나보다 많이 뒤처진 자리에 서였다.

"네가 새 추장이야."

누부가 다정하게 말했다.

"그래."

나는 받아들였다. 그리고 헤엄쳤다.

이곳은
정류장이
아닙니다

김숨

1

새 리바이스 청바지.

스물아홉 살. 이름은 마하.

"한 정거장만 줄여주세요."

이마 주름이 여권 스탬프 같은 늙은 옷수선공
말없이 청바지를 받아들고.

난 7월에는 말레이시아 코타키나발루 집으로 돌아
갈 것이다.

그리고 첫 아이는 2년 후에 있을 것이다.* 날 아빠라

---

* 오션 브영의 시구절 '내 친구들은 모두 3년 후에 있다.' 인용.

부를.

  내가 검은 아디다스 슬리퍼를 신고 서 있는 곳은
  직진 화살표
  아래.

  화살표 방향으로 한 정거장을 가면
  요람만 한 물방울
  틀니가 된 수족관을 물고
  매달려 있다, 물고기들
  한 마리 한 마리 틀니 새로 꺼내져 회 떠졌다.

  아직 시작되지 않은 내 삶은 찬란하고,

  내일 아파트 건설 공사장에서 철근을 나르며 인스
피레이션inspiration이라는 단어를 떠올릴
  내겐 난민 비자가 있다.

  어디까지나 재봉틀 위로, 리바이스 청바지
  착륙한다.

내 삶은 결국, 건설 중인 세상의
한 마리 인스피레이션.

2
(고성 거진1리 정류장)

누군가 놓아둔 하늘색 탁상시계.

1시 5분 38초.

지나간,
지나가고 있는,
지나갈,
순간.

그렇게, 영원.
한순간도 머물 수 없는.

뒷장정류장을 거쳐온 모든 버스는 이곳에서 회전한
다.

1-1번 버스가 68개의 정류장을 지나쳐 오는 동안

내리지 못한 의자들.

내리지 못하는 의자들.

3
(고성 가진항입구 정류장)

36952초 뒤에 이곳을 지나갈
1-1번 버스에 매달릴 창문들
빚어지고 있다

거울이 되지 않으려.

얼굴을,
얼굴들을 잃어버리지 않으려.

4
(김포 팔거리 정류장)

"나, 저쪽에서 왔어!"

걸어오며

멀어지며

가브리엘의 미지의 손에
뗏목 위 난민들처럼 매달린 손가락들
팔ᄉ거리를 가리키고.

근처의 100g당 1,500원 정찰제로 판매하는 구제 옷
가게 저울

위로

착륙하고 있는 리바이스 청바지.

오늘도 가구공장은 나날이 망하고.

갈색 피부와
더 짙은 갈색 피부와
거의 검정에 가 닿은 갈색 피부를 경유할

저쪽에서 걸어오며 멀어진 난 누구인지?

그리고 마침내
엄마에서 자궁에서부터 준비된

질문의 시간.

5
(김포 통진시장 정류장)

결코 잃어버린 것 나.

결코 잃어버리지 않은 것 나.

프라딥. 엄마가 지어준 이름. 뜻은 새벽, 밝게 빛나
는

난 아직 젊고
난 아직 핸섬하고
난 아직 여자 친구를 사랑하고
난 아직 엄마가 보고 싶고.

나날이 망하던 가구공장이 망한 뒤에도 웃으며 만
든 의자들.

저녁의 칼루kalu 강을 찾아가는 소년처럼

천 원짜리 플라스틱 반찬통 하나를 사러 다이소까지

일곱 정거장을
걸어서.

앉지 못하는 의자들,
서지 못하는 의자들,
가버리지 못하는 의자들,

빈자리 없어, 빈자리를 찾지 못한 의자들.

나는 아직 다섯 정거장을 더 걸어가야 하고,
난 아직 의자를 만 개는 더 만들 수 있고.

6
(김포 팔거리 정류장)

망고가 되다 만 노란 마을버스 정류장에 서고,
착하게 잠든 아기를 품에 안은 여자
안개처럼 소리없이,
표정을 지우고 지우며,
내린다.

6월에 태어난 아기 이름은 오, '하니'

날마다 조금씩 가족이 돼 가고 있는
가족.
온 가족이 하나의 비누로 얼굴을 씻고, 세상으로 나
가 장만한 양식거리 ― 달걀 서른 알, 마늘 한 주먹, 위장
약 사흘 치.

서른일곱 살. 알리가 믿을 거라고는
아지랑이가 돼 가고 있는 몸.
아직 망하지 않은 가구공장.

아기는 잠들어 집에 거의 다 온 걸 모르고.

"여기, 내 집 없어."

"방글라데시 내 집이 없어."

표정 없이 웃고 있는 여자,
알리보다 열다섯 살 어린 알리의 아내.

"여기 오래 있고 싶어."

"여기서 오래 살고 싶어."

"언제까지?"

"모르겠어."

알리가 여기에 오지 않았으면
여기에 오지 못했을 하니

사람이 사람을 데려온다.

7

(고성 봉포리 정류장)

"긴 머리가 좋아."

"스무 살."

버스가 달려오는 곳을 바라보던 수아나가 뒤를 돌아다본다. 정류장에 한쪽 어깨를 기대고 서서 휴대전화를 들여다보는 남자를 말끄러미 바라본다.

남자가 고개를 들고 그녀를 쳐다본다.

"모르는 남자."

화장을 안 한 작고 동그란 얼굴에 미소가 번지며 생겨난 입가 주름에 파도 소리가 고여 든다.

정류장에서 스무 발자국만 걸어가면 바다다.

"열일곱 살에 왔어."

수아나는 버스가 달려오는 곳을 빤히 응시한다.

"네팔 집에서도 긴 머리였어."

수아나는 자기도 모르게 또 남자를 돌아다본다. 남자는 여전히 정류장에 어깨를 기대고 서서 휴대전화를 들여다보고 있다.

정류장에는 남자와 수아나, 둘뿐이다.

"어릴 때도 긴 머리였어."

"속초시장 회 식당서 회 나르고, 반찬 나르고, 술 나르고, 숟가락, 젓가락."

"여긴 커다란 눈雪이 있어."

"내 고향에 내리는 눈 스무 개를 합쳐 놓은 커다란 눈."

"그리고 또……."

수아나가 화들짝 놀라며 남자를 돌아다본다.

남자가 순간 덩달아 뒤를 돌아다본다.

연둣빛 잎사귀 같은 1-1번 버스가 달려온다.

남자는 수아나에게 짧고 무심한 눈길을 보내고 버스에 오른다.

그 사이에 정류장에 와 있던 네 사람이 버스에 오르고 나서야, 수아나는 긴 머리를 버스에 싣는다.

- - -

커다란 눈송이인 하얀색 크록스 신발을 신은 샨티가 버스 정류장으로 걸어온다.

늦여름 햇빛에도 녹지 않는 신발.

"버스가 오는 것 같아."

오늘 밤 고깃집 시계가 10시를 가리킬 때까지. 신발은 돼지의 살점이 불타고 있는 불판과 불판 사이를 뛰어

다닐 것이다.

발바닥이 불타도 녹지 않는 신발.

"버스가 오는 것 같아."

"큰아버지가 꿈에 찾아왔어."

"버스가 오는 것 같아."

"염소 한 마리 살 돈 좀 달라고."

"버스가 오는 것 같아."

– – –

아무도 서 있지 않은 정류장.

– – –

얼굴을 정성껏 화장한 우다야가 뒤를 흘끗흘끗 돌

아다보며 정류장으로 걸어온다.

그녀는 버스가 오고 있는 듯, 눈을 크게 뜨고 버스가 달려오는 곳을 바라본다. 바라보다 말고 문득 뒤를 돌아다본다. 아무도 없다.

"사람?"

"버스?"

우다야는 문득 또 뒤를 돌아다본다. 아무도 없다.

"기다리는 사람 없어."

"내가 기다리는 사람."

우다야는 문득 또 뒤를 돌아다본다. 아무도 없다.

"친구들, 나보다 빨리 버스 타고 갔어."

우다야는 문득 또 뒤를 돌아다본다. 아무도 없다.

"내 고향엔 바다가 없어. 강은 있어."

"매일 바다를 봐."

"가끔씩, 가끔씩."

우다야는 문득 또 뒤를 돌아다본다. 아무도 없다.

"네팔 집보다 여기가 좋아."

"집에 엄마 없어. 아빠 없어. 이혼했어. 엄마도, 아빠
도 떠났어."

"집에 할머니 있어. 할머니가 나 기다려."

"그리고 닭들."

우다야는 문득 또 뒤를 돌아다본다.

8
(고성 천진해수욕장 정류장)

7번국도 변 풀밭 위

의안 넣는 걸 깜박한
구멍처럼

놓여 있는.

기다리는 사람이 아무도 없는 이곳으로 서른 대의
버스가 매일 지나간다.

9

(속초 시외버스터미널 정류장)

리바이스 청바지 차림의 마하.

나 꽤나 근사하게 생기지 않았어? 하고 묻는 듯한 눈빛.

마침표가 된 단단하고 까무잡잡한 얼굴.

"뭘 하며 살지는 나중에 생각할래."

"나 같은 남자애한테 누나가 다섯이나 있는 건 스스로 연주하는 자동 피아노가 집에 있는 것과 같아."

"나 같은 남자애. 낯선 곳에 가는 걸 두려워하지 않고, 어디로 튈지 모르고, 눈동자를 바라보며 말하는 걸 좋아하고, 잘 웃고, 라이트플라이급 복서처럼 날렵한."

"난 누나들을 엄마만큼 사랑해."

"속초 바다보다 코타키나발루 바다가 더 아름다워."

"그치만 속초 바다가 더 좋아. 내가 당장 보러갈 수 있는 바다는 속초 바다니까."

"내가 조금 슬퍼 보인다면 여자 친구와 헤어졌기 때문일 거야. 사귄 지 3개월. 페이스북 채팅으로 연애했어. 먼 거리 연애를 하면 아무래도 생각이 많아져."

"헤어진 여자 친구를 내가 사랑했나? 잘 모르겠어. 아마 그래서 헤어졌나 봐. 꿈 잘 안 꾸지만 헤어진 여자 친구 꿈을 꿨어. 헤어진 지 얼마 안 돼서 꾼 것 같아."

"내년에 서른 살. 내년 7월에 집에 돌아갈 거야. 그리고 결혼할 거야. 엄마가 나 결혼하는 거 보고 싶어 해."

"결혼할 여자? 없어."

"사랑하는 여자하고 결혼할 거야."

"집에 돌아가면 사랑하는 여자 찾을 거야."

"내가 결혼할 여자를 찾을 거라고 말하는 건, 날 사랑에 빠지게 할 수 있는 여자를 찾을 거라는 거야."

"사랑하는 여자를 찾지 못하면 다시 한국에 일 하러 올 거야. 돈 벌러."

"근데 나 꽤나 근사하게 생기지 않았어?"

10
(김포 통진시장 정류장)

시소가 되지 못한 긴 의자 하나.

아무 버스도 지나가지 않는다.
아무도 그곳에서 버스를 기다리지 않는다.

살짝 경사진 인도 위에 놓여 있어 긴 의자도 살짝 기울어져 있다.

출렁이지 않는다.

떠오르지 않는다.

도로에 내린 어스름이 짙어진다.

긴 머리를 풀어헤친 소피아
긴 의자 끝에 긴 표정으로 앉아 있다.

"같이 가?"

"어디?"

"안 돼."

맞은편 도로로 노란 버스가 빈 의자들을 싣고 지나
간다.

"버스?"

"아니, 아니야."

또 다시 빈 긴 의자.

길어지는 빈 긴 의자.

11
(김포 마송 정류장)

"세 살이던 아들이 열다섯 살 됐어."

"아들 여섯 살 때 집 다녀오고 못 다녀왔어."

"800번 버스 기다려."

"난민 신청 하러 가야 해."

"집에 못 가."

"집 가면 군인 돼야 해. 전쟁. 언제 끝날지 몰라."

"800번 버스 타고 가다 내려서 23번 버스로 갈아 탈
거야."

세상 모든 정류장은 하나의 별자리를 그리는 별들
처럼 연결돼 있다.
그리하여, 세상 모든 정류장은 집으로 가는 길 위에

있다.

그리하여, 묘티하는 집으로 가는 길 위에 있다.

"집에서 잠 못 자. 그게 난민이야."

"집에서 밥 못 먹어. 그게 난민이야."

"집에 나 기다리는 사람 없어. 그게 난민이야."

난민의 반대말은 군인.

3년 후 묘티하가 서 있을 정류장은 아직 오지 않았다.

12
(김포 마송 정류장)

"버스 기다려."

"집 가는 버스 없어."

"집 못 가."

"5분 남았어."

"한 달에 한 번 여기서 버스 기다려."

"집 못 간 지 7년 됐어. 세 살 아들 열 살 됐어."

"실 공장 다녀."

"전쟁, 전쟁, 전쟁."

"88번 버스 기다려. 88번 버스, 집 안 가. 타고 가다
내려서 걸어갈 거야. 괜찮아."

"미얀마 생강 샀어."

"메기는 안 샀어."

"닭도 안 샀어."

"집 못 가."

"88번 버스 왔어."

"갈게."

"갈게."

‐ ‐ ‐

90번 버스가 잠시 후에 도착합니다.

아무도 서 있지 않은 정류장.

90번 버스가 잠시 후에 도착합니다.

90번 버스가 잠시 후에 도착합니다.

아무도 서 있지 않은 정류장.

90번 버스가 잠시 후에 도착합니다.

13
(양산 소주동 정류장)

저녁 6시 50분.

열두 살 소년은 25번 버스를 기다린다.

25번 버스는 엄마아빠와 동생들이 살고 있는 집 근처까지 간다.

베트남 하노이에서 남동쪽으로 90킬로미터 떨어진 곳에서 태어난 소년은 여섯 살이 돼서야 아빠를 처음 봤다. 아빠는 소년이 엄마 뱃속에 있을 때 근로 비자를 받아 한국으로 돈을 벌러 떠났다. 아빠를 처음 보고 소년은 아빠를 기억해뒀다. 엄마는 소년이 두 살 되던 해 아빠가 있는 곳으로 떠났다. 소년은 열두 살이 돼서야 엄마아빠와 함께 살기 위해 한국에 왔다.

소년이 떠난 베트남 집에는 할아버지와 할머니, 소년이 '마일로'라고 이름 지어준 개가 있다.

엄마는 한국에서 두 동생을 낳았다. 소년이 오고, 엄마는 동생 하나를 또 낳았다.

25번 버스는 15분 뒤에 도착할 예정이다.

소년은 자기만 없는 집으로 가 함께 살려 12년을 기다렸다.

까 마 귀 에 게

박솔뫼

애리는 한동안 귀에 대해 자주 생각했다. 애리는 10시쯤 잘 준비를 하고 11시가 다 되어 잠이 들었는데 그 시간이면 계단을 오르는 구두 소리와 공동 부엌의 의자를 끄는 소리 헤어드라이어를 쓰는 소리가 어느 때보다 선명하게 들렸다. 애리가 특별히 소리에 민감하지는 않았고 단지 애리가 잠이 드는 시간이 다른 직원들에게는 활발히 활동할 시간이었고 아무것도 없이 공동 숙소와 작은 상점 정도만 있는 이곳은 밤이 되면 더욱 조용해졌다. 왜 이전에는 이 소리에 대해 아무 생각이 없었지? 어느 해 여름부터인가 애리는 11시가 가까워지면 정해진 듯이 울리는 구두 소리와 의자를 끄는 소리에 대해 잠시 의식하다가 잠이 들었다. 그럴 때 애리의 귀는 서서히 잠이 드는 애리 자신과 무관하게 잠이 드는 애리를 바라보며 한동안 자리를 고쳐 앉고서 창문과 방문에서 서서히 밀려드는 소리를 지켜보다 잠이 드는 것 같다. 애리는 자세를 고쳐 앉는 귀를 생각하며 잠이 들었다. 귀는 어쩐지 공간을 순찰하는 역할을 하는 것 같다.

애리가 귀에 대해 자주 생각하던 시기는 재윤이 긴 여행을 떠나며 종종 애리에게 엽서를 보내던 때였다. 재윤은 어느 날 까마귀를 봤다고 엽서를 보내왔다. 부리에 흰 점인지 무언가가 묻었는지 모를 까마귀를 봤다는 내용이 다였지만 애리는 그것을 읽고 나서 자기 식대로 바꿔서 생각하고 길을 걸으며 속으로 말해보았다. 애리는 그런 식으로 눈앞에 없는 까마귀를 생각하고 그러는 동안 까마귀는 애리와 가까워지고 애리는 까마귀를 조금 이해한 것 같았다.

길을 걷다 부리에 흰 꽃을 물고 가는 까마귀를 보았다. 보통 길에서 보는 까마귀보다 크고 부리도 단단해 보였다. 까마귀가 꽃을 먹는가보다 생각하다가 어쩌면 사람과 같이 꽃이 예쁘다고 생각하여 물고 가는 것일지도 모르겠다고 짧은 시간 안에 그 생각이 바뀌었다. 까마귀는 가로등 위로 올라가 꽃을 먹었다. 까마귀가 먹던 것의 부스러기가 떨어져 발밑으로 날아왔다. 가벼운 흰 부스러기는 바람에 날아가고 나는 그것을 따라가다가 겨우 주워 무엇인지 볼 수 있었는데 그것은 꽃이 아니라 빵부스러기였다. 까마귀는 흰 꽃을 물고 날던 것이 아니라 식빵을 물고 있었던 것이다. 나는 빵을 먹고 있는 까마귀를 등 뒤로 하고 집으로 돌아왔다.

재윤은 안녕으로 시작해서 날씨는 어떻고 이제 무얼 할 것인지 말하다가 까마귀 이야기를 다소 길게 써주었는데 애리는 재윤의 목소리로 그것을 한 번 읽고 난 뒤 재윤의 말투를 지우고 자기 앞으로 날아든 까마귀를 스스로 불러보았다. 까마귀는 비둘기 정도는 아니지만 그래도 생각보다는 자주 땅 위를 왔다 갔다 했다. 땅 위를 조금 뒤뚱거리듯 오가다가 몇 번 점프하다 한순간 날아올랐다. 그러다 다시 내려와 쓰레기봉투를 헤집었다. 온몸이 검어서인지 조금 위엄 있어 보였고 부리가 커서인지 쪼아 먹기보다 음식물을 부리에 물고 날아올랐다.

그러고 보면 까마귀라는 이름에는 귀가 붙어있다. 이전이라면 이런 생각을 안 했을 테지만 귀에 대해 생각하던 때여서인지 애리는 까마귀의 이름에 귀가 붙어있다는 것을 의식하며 속으로 까마귀야 까마귀야 몇 번 불러보았다. 까마귀의 귀는 소리를 듣는 귀와는 상관없는 의미이겠지만 애리는 까마귀를 불러볼 때마다 자신의 이야기를 알아듣는 대상에게 말을 거는 느낌이었다. 그리고보면 엽서나 편지 같은 것은 귀에게 보내는 목소리 같기도 했다. 나는 너에게만 말하고 있어. 물론 대개는

목소리라기보다 가볍게 날아드는 나뭇잎 정도이겠지
만.

　애리는 평일에는 숙소가 제공되는 회사에서 일을
하며 주말에는 열차를 타고 다른 도시로 가 카페에서 일
을 하던 때 재윤을 알게 되었다. 애리는 일주일에 4일 회
사에서 일을 했고 하루이틀 쉰 뒤 주말에 하루나 이틀 일
을 했다. 대부분 주 1회였지만 가끔 이틀 연속 일을 하게
될 때는 꽤 피곤하다고 생각하며 열차를 타고 숙소로 돌
아왔다. 그럭저럭 나이를 먹은 애리는 카페라는 것이 어
디에나 있고 커피를 마시는 것이 언제 어디서나 자연스
러웠던 때를 기억하는데 그런 이야기를 하면 함께 일하
는 이제 막 고등학교를 졸업한 직원들은 애리가 그런 아
름다운 시대를 살았다는 것에 순수하게 경탄했다. 그 순
간만은 진짜를 아는 사람으로 대해주었다. 평소에는 왠
지 대하기 어려운 사람으로 (그 역시 애리의 생각이고 실
제로는 더 거북한 사람이었을 수도 있고 혹은 아무런 존재
감이 없는 사람이었을지도 모른다) 여기더라도 말이다.
애리는 그럴 때마다 어릴 때 보았던 우디 앨런의 영화에
서 이런 내용이 있었는데 생각하며 그 이야기를 할 뻔했
지만 늘 잘 참고 웃으며 이야기를 끝낼 수 있었다. 가게

의 사장도 그래 그래 애리 씨는 그게 뭔지 알겠지 라고 말을 했지만 정작 애리는 그런 대화가 어색해서 다른 화제로 이야기를 돌리고 싶어졌다. 사실 아는 게 없었고 조금 오래 산 것으로 무언가를 아는 척을 할 수도 없었기 때문이다.

기후는 혹독해졌고 커피콩의 작농은 예측이 어려워졌다. 원두의 가격은 나날이 치솟아 이제 이전처럼 커피를 마시려면 몇 배의 돈을 더 지불해야했다. 언젠가부터 카페는 사라져갔고 식품회사에서는 여러 종류의 커피 대용 음료를 판매했고 사람들은 주로 그런 대용 음료를 마셨다. 애리는 가끔 마시는 커피의 맛을 떠올리며 그게 어땠는지 손님들에게 설명을 해보려 하지만 희미한 기억에 의존하는 것이라 늘 거짓말을 하는 것 같다는 생각이 들고는 했다. 아무튼 애리는 자신이 버는 돈으로는 크게 마음먹지 않고서는 올 수 없는 가게에서 매 주말 일을 하고 있었다. 재윤은 원래 평일에만 근무하던 학생이었는데 방학 때 집으로 돌아가는 사람들을 대신해 거의 매일 같이 나오던 때 애리와 함께 일하게 되었다. 재윤은 평일에는 학교에 가고 틈틈이 카페에서 일을 했고 이제 주말에도 카페에서 일을 했다. 시간이 날 때마다 예약을 받아 타투를 그려주며 돈을 벌기도 한다고 했다.

손으로 뭔가를 만드는 일은 대부분 잘하는 것처럼 보이는 사람이었다. 어느 핸가 재윤은 그렇게 일 년쯤 잠도 자는 둥 마는 둥 하며 열심히 돈을 벌어 길게 여행을 떠났다. 돌아와서도 한 달 내내 일을 하다 일주일쯤 어딘가로 떠나거나 했다. 몇 년 뒤 학교를 졸업한 뒤에는 유학을 가기 위해 할 수 있는 모든 일을 하는 것 같았다. 애리는 그때까지의 재윤에 대해서는 조금은 알지만 몇 통의 엽서를 받는 동안 애리의 시간도 재윤의 시간도 엽서처럼 많은 일을 겪게 되므로 그리고 더 많은 순간이 지난 후에 애리가 어디에 있었는지는 애리 자신도 알 수 없는 일이므로 애리는 아 그건 뭐였지 뭔가 그 순간 지금 자신이 어디까지 알고 있더라 걸음을 멈추고 생각했다. 뒤를 돌아보지 않아도 시간은 밀려든다. 고개를 돌리지 마.

　그간 애리는 재윤에게 몇 번인가 엽서를 받았다. 재윤은 길든 짧든 여행을 가면 엽서를 보내왔다. 어느 때는 엽서가 아니라 아주 가끔 긴 편지일 때도 있었는데 언제나 놀랄 정도로 단정한 글씨였다. 이렇게 글씨를 쓰는구나. 재윤은 애리보다 꽤 어렸는데도 애리의 또래라면 하지 않을 애리의 부모님 세대가 할 법한 여행지에서 엽서 쓰기 같은 것을 했다. 겉보기에는 그것을 즐기는 것도 같았다. 생각해 보면 그건 나이와는 상관없는 일로

엽서 쓰기 같이 시간을 주고받는 일을 기꺼이 해내는 사
람이 찾아보면 어딘가에는 있는 것이다. 그러고 보면 세
상은 세상이라는 것은 늘 바뀌었다. 어떤 것은 영영 되
돌릴 수 없을 것 같았고 흔적도 없이 사라진 것처럼 보이
는 것들도 있었다. 하지만 사라진 것 같기 때문에 아예
처음부터 새로 해야 하는 것들도 생겨났는데. 그 모든
것을 포함하여 늘 어제와 달랐기 때문에 예전처럼 살 수
없었지만 한 편으로는 어제와 엊그제를 포기하고 30년
전에 몸을 맞춰야 할 때도 생겼다. 그래서 재윤이 손으
로 하는 것을 배우고 무엇이든 자기 손으로 만들려 하고
남들보다 편지와 엽서를 자주 쓰는 것은 유별난 것이 아
니라 어쩌면 지금의 사람들이 살아가는 방식의 하나일
지도 모르겠다. 재윤의 글씨 위로 연필로 그린 까마귀의
옆모습이 있었다. 재윤은 판화를 전공했다고 했는데 회
화를 전공한 것은 아니지만 그런 것과 상관없이 좋은 그
림이라고 생각했다. 그 까마귀 그림이 좋았다. 까마귀의
깃털처럼 빛나는 여러 번 반복한 연필의 흔적을 보았다.
애리는 까마귀를 조심스럽게 쓰다듬었는데 손가락에
연필심이 조금 묻어났다.

　애리가 재윤에게 몇 번의 엽서를 받았던가. 재윤은
어딘가로 가고 거기서 살아가고 시간을 보내고 애리에

게 엽서를 쓰고 그 엽서들은 우체국에서 우체부로 그 사이 알 수 없는 상자에서 상자를 오갔고 그러다 마침내 애리의 우편함에 도달한다. 애리는 그 때문인가 재윤의 엽서를 받는 동안 자신에게 여러 시간이 흐르고 자신이 엽서만큼 많은 것을 겪게 되고 여러 구간을 오가게 되었다고 생각한다. 그때는 몰랐지만 엽서를 다시 펼칠 때마다 엽서가 자신의 시간을 가르고 접고 보내고 있었음을 알게 된다. 그래서 애리는 재윤을 어떤 사람이라고 생각하기보다 매번 날아드는 재윤의 시간이 어떻게 자신을 비집고 들어오는지 아니면 아무것도 아닌지 지켜보기로 한다.

너는 어디 살아 서울이야 아니 좀 더 남쪽인데 그럼 부산인가

어느 날 재윤의 엽서에는 그런 말이 쓰여 있었다. 고향을 설명하려면 영원히 삼각형을 그리게 된다는 이야기였다. 엽서에는 연필로 삼각형이 그려져 있었고 그 위에 펜으로 나를 말하는 것이 고단하다고 쓰여 있었다. 애리는 태어난 고향에서 자라고 일하고 가족을 만들고 돌보다 죽은 사람들을 그러니까 대부분의 가족과 친척

들을 생각했다. 혈육들 피가 이어졌다고 배우는 사람들을 생각하는 일은 대개는 따뜻하고 가벼운 미소를 띠게 되는 일이었다. 하지만 생각이 조금이라도 길어지면 곧 쓸쓸해졌다. 그러다가도 어느 때는 마치 온 몸이 쪼개지는 것 같은 강한 감정이 밀려들었다.

애리는 이곳저곳에서 살고 일해 왔다. 세상은 점점 살기 어려워지는 것도 같고 어떨 때는 아무것도 모르고 있었고 여전히 모른다는 것을 알게 된다. 아무튼 지금까지는 여기저기서 일을 하고 돈을 벌며 밥을 먹고 살 수는 있었다는 것이고 앞으로도 그러기를 바라고 있다는 것 정도가 확실한 일인 것 같다. 그런 생각을 하다 보면 어린 시절 무서워하던 것이 바로 그것이었다는 것이 떠오른다. 돈을 벌고 사람들을 만나고 그것으로 먹을 것을 사고 약을 사고 이불을 사고 하는 일 말이다. 세상에는 조심해야 할 것이 할 수 없을 것만 같은 것들이 너무 많아 하지만 눈을 감고 잠이 들면 금세 잠이 들고 다음 날 눈을 뜨면. 눈을 뜨면 어떻게 되었지? 눈을 뜨면 어떻게 되었더라? 무섭지 않아졌다고 말하고 싶지만 눈을 뜨면 다음 날이 어떻게 시작되는지는 기억나는 것이 없다. 애리는 그래서 재윤의 엽서를 다시 읽어보았지만 이미 자기소개를 끝없이 해야 하는 곳에서 떠나와 조용히 밤 버스를 타고 먼 길을 떠나는 재윤이 엽서 안에 있을 뿐이었다. 이제 밤의 기차를 밤의 버스를 타는 일에 익숙해졌어요. 애리는 숙소에서 묵는 돈을 아끼기 위해 역과 터미널에서 시간을 보내다 무언가에 올라타는 재윤을 떠올렸다. 국경을 통과하고 긴 대륙을 지나는 작은 불빛 같은 탈 것들과 사람들. 버스를 타고 기차를 타고 의자에 앉아 잠이 들면 누군가 움직이는 소리 버스가 휴게소에 도착하는 안내 휴게소에 도착하였습니다 종착지까지 마지막 휴게소입니다 같은 소리를 듣고 귀가 먼저 잠에서 깨어나겠지 같은 생각을 했다. 애리는 밤 버스를 타고 어딘가로 떠나는 것은 아니지만 매일 밤 애리의 귀는 자세를 고쳐 앉고서 들려오는 소리를 듣다 애리와 함께 잠이 든다. 애리는 잠을 향해 떠나는 것도 꿈에 빠져드는 것도 아니고 잠이 찾아오는 것도 아니고 멀지 않은 곳에 잠이 있다고 생각하고 이불을 펴면 잠이 펼쳐진다고 생각한다.

재윤이 밤 버스를 타고 도착한 곳은 새벽의 버스 터미널이었다. 같이 내린 사람들은 모두 집이 있는지 짐을 챙겨 정해진 방향으로 걸음을 옮기고 있었다. 모두들 집이 있나 보다 재윤은 그것이 그 순간 새삼스럽게 다가왔

다. 모두 나처럼 시간을 보내고 기다리고 주위를 두리번
거릴 필요가 없는 사람들인 것이다. 우리는 8시간을 함
께 버스 의자에 몸을 웅크린 채 허리와 목이 아프다는 생
각을 하며 밤과 새벽을 통과했는데. 하지만 모두 정해진
곳이 있었고 자연스럽게 주저 없이 그곳으로 향하고 있
었다.

　　5시가 조금 지난 시간이었고 새벽 공기는 푸른색이
었다. 아직 어둡지만 서서히 밝아질 것이다. 가장 가까
운 맥도널드는 7시가 되어야 문을 연다. 터미널 의자에
앉아 책을 읽을까 했지만 2월 중순 아직 추운 날씨였고
차라리 몸을 움직이는 것이 나을 것이다. 몇 개의 옷과
카메라 충전기 세면도구 정도가 든 배낭을 잠시 벤치에
내려두고 재킷 주머니에서 손바닥만 한 스케치북을 꺼
내 눈앞의 정차된 버스와 맞은편에 앉아 있는 사람을 연
필로 그렸다. 언뜻 노숙자인가 생각했지만 옷을 두껍게
껴입고 짐이 많은 사람일 뿐이었다. 하지만 글쎄 잘 모
르겠다고 뭐가 뭔지 잘 모르겠다고 잠깐 생각했다. 머리
에 두르고 있는 스카프의 패턴이 예쁘다는 생각을 하며
스케치를 끝냈다. 곧 돌아올 테니 가벼운 마음으로 헤매
도 좋다. 그런 마음으로 배낭을 메고 불빛이 보이는 쪽
으로 걸었다. 걷다 보니 문 닫힌 오래된 상가가 이어졌

고 아침이 되면 모두 셔터가 올라갈까 아니면 그대로일
까 생각하며 걸었다.

　　짙푸른 공기는 서서히 밝아졌고 멀리서 굴뚝이 보
이기 시작했다. 굴뚝은 가까워 보였지만 걸어도 걸어도
조금씩 가까워지지만 바로 눈앞에 나타나지는 않았다.
아직 6시도 되지 않았는데 출근을 하러 가는 차림의 사
람들이 몇 명 지나갔다. 익숙한 듯 시내버스 정류장으
로 향하는 사람들 가방을 멘 채 자전거를 빠르고 능숙하
게 타고 가는 사람들을 보며 재윤은 그림을 그리고 싶다
는 생각을 잠깐 했지만 눈에 보이는 모든 것을 그릴 수
는 없다. 하지만 언젠가 그릴 수는 있고 만들 수는 있다.
바다의 냄새가 조금씩 선명해졌고 항구 표지판이 보였
다. 바다가 있고 항구가 있고 큰 배가 있을 것이다. 몸을
녹일 따뜻한 무언가를 마시고 싶다는 생각이 들었지만
당장 마실 수 없다는 것을 알고 있으니 금세 어쩔 수 없
어 좀 더 걸어야 해 걷고 또 걸어야 해 돌아가는 길이 힘
들 정도로 걸어보자고 마음을 먹었다. 아직 잠들어 있는
창과 주황색 불이 켜져 있는 창을 지났다. 밥을 짓고 그
릇을 닦는 소리를 들은 것 같다고 생각했다. 그리고 어
떻게 걷고 걷다 보니 어느새 제자리로 버스터미널로 돌
아와 근처 맥도날드로 가 앉았다. 두 시간쯤 걸었을 텐

데 어디를 얼마나 걸었는지 도무지 기억이 나지 않았다. 새벽의 공기를 헤치며 걷고 또 걸었다는 생각만 들었다. 무엇을 누구를 지나갔는지 모든 것이 아스라했다.

겨울용 사파리재킷 오른쪽 주머니에는 스케치북과 연필이 왼쪽 주머니에는 지갑이 배낭 앞주머니에는 핸드폰과 열쇠가 책 한 권과 함께 들어 있었다. 재윤은 32권쯤 출간된 니마 탐정 시리즈의 한 권을 가지고 다니며 아무 때나 아무 페이지나 펴놓고 읽다가 스케치북에 그림을 그리다가 다시 책을 읽거나 자리에서 일어났다. 니마는 기억동기화 칩을 통해 특정 시기 과거로 갈 수 있는 설정의 SF 하드보일드 소설 속 도시 뒷골목을 헤매는 탐정이었다. 적당히 시니컬하고 유머러스했고 다른 모든 탐정이 그러하듯 자신만의 방법으로 사건을 해결했다. 하지만 사건이 해결되어도 세계는 이곳은 무엇도 나아지지 않았고 그것이야말로 모든 소설 속 영화 속 탐정들의 역할과 역량과 같은 것일지 모르겠다. 사건은 해결되고 무엇도 나아지지 않지만 사람들의 상태는 조금씩 변화를 맞이하는 것. 하지만 사건을 해결하는 것 이상의 일을 한다면 그건 더 이상 탐정이 아닐 것이다. 과거로 파견된 북한계 수사관을 찾기 위해 케밥 가게에 잠복하는 부분을 읽다가 커피와 핫케이크를 주문했다. 입안에서는 케밥의 토마토와 치즈 맛이 떠돌고 있어서 지금 자신이 뭘 주문하는지도 모르겠다는 생각을 했다. 북한계 수사관은 과거에서 가져온 마약을 약쟁이들에게 팔았는데 사람들에게는 약만 필요한 것이 아니라 또 다른 과거도 필요했다. 재윤은 아이였을 때 지금보다 젊고 건강한 어머니 아버지와 어린 자신을 보고 싶다는 생각이 들기도 했지만 그보다는 자신이 없는 때를 보고 싶었다. 고를 수 있다면 과거 자신과 상관없는 먼 시간을 가보고 싶다고 생각했다. 하지만.

자신과 상관없는 과거도 그리울 것인가 재윤은 늘 무엇이든 배우고 익히고 싶었다. 그리고 그것을 자연스럽게 해내고 싶었다. 과거로 간다면 말로만 듣던 옛날 사람들을 만나 중요한 것들을 배우고 싶었다. 그게 무엇인지는 아직 정하지 못했지만 그곳에서만 배울 수 있는 것이 있으리라. 그런 생각으로 커피를 받아 들고 마셨다. 차가웠던 몸이 조금은 풀리는 기분이었다. 맥도날드는 원두 함량을 획기적으로 낮추고도 커피와 흡사한 무언가를 만들어냈고 재윤이 아는 맥도날드의 커피는 이 맛이었는데 지금 이 순간 기억동기화 칩을 이용한다면……까지 생각하다가 주변을 살폈다. 이 맥도날드는 환한 외관과는 다르게 꽤 오래된 곳으로 19##년에 생긴 곳이라고 가게 벽에 설명이 되어 있었고 그렇다면 예전의 프리미엄 로스팅이라는 설명이 붙은 맥커피 맛이 어땠는지 정도는 확인할 수 있을 것이다. 그렇게까지 해서 마셔야 하는 것이 맥커피라는 것이 우스웠지만 옛날 맥커피는 의외로 그럭저럭 마실 만한 것이었다는 이야기를 손님에게서 들은 적이 있었다. 그런 생각이 들자 환하고 밝은 주변이 순간적으로 어둡고 오래된 공간이었다가 적당히 편안한 곳이었다가 다시 밝은 곳으로 변하는 것처럼 흐르는 시간이 느껴졌지만 아니 맥도날드는 언제나 밝고 환하겠지요. 여기서 사람들은 행복하겠지요. 대각선에 앉은 출근길에 들른 정장을 입고 구두를 신은 피곤한 얼굴의 남자를 그리려다가 말았다. 어떤 사람들은 그리고 싶어졌지만 어떤 사람들은 보다 말았고 또 다른 누구는 천천히 집중해서 보았다. 그러고 보니 자신을 제외하고는 모두 일터로 나가는 사람들로 보였다. 재윤의 고향에서는 출근을 할 때 배를 타고 나가는 사람들이 있었다. 어부도 아니고 평범하게 회사에 다니는 사람들이었다. 배를 타고 도시로 나와 섬으로 돌아가는 사람들이었는데 그러고 보면 재윤의 학교에도 그렇게 배를 타고 다니는 친구들이 있었다. 그런 식으로 모두 각자의 새벽을 맞이하고 있을 것이다. 이제 막 들어

온 가방 안 고양이와 눈이 마주쳤다. 비가 오는 걸까 고양이를 데려온 중년 여성의 머리와 숄이 가볍게 젖어 있었다. 고양이를 그리는 것은 사람을 그리는 것보다 어려웠다. 고양이의 표정을 그리기가 쉽지 않았다. 고양이는 금세 고개를 돌렸다.

맥도날드를 나와 걷다가 이제 아침이 되고 주변은 완전히 환해졌다. 아침에 여는 시장을 구경하기 위해 새벽에 걷던 길을 다시 걸었다. 날이 환해지자 몇 시간 전 걷던 거리는 이전과 같지 않고 사람들이 오가고 식당의 간판이 문 앞에 나와 있고 모든 것이 달라져 있었다. 차가 달리는 도로를 따라 겨울이라 가지만 남은 나무들이 몇 그루 보였고 오래된 나무로 만든 표지판과 이 길의 유래를 설명한 안내판이 함께 세워져 있었다. 표지판의 글자는 시간이 지나서인지 칠이 벗겨져 있었다. 희미하게 남아 있는 흔적을 읽어보면 조선민주주의인민공화국귀국기념식수라고 쓰여 있다. 1959년 11월 7일. 재윤은 방금 전까지 읽던 소설 속 니마가 옆에 있는 것 같았다. 기억동기화 칩을 사용하는 때가 와도 북한은 북한이고 세계 어느 나라와도 비슷하지 않은 나라였다. 니마가 찾아 헤매던 북한계 수사관은 사람들을 과거로 보낼 수 있지만 과거로 갈 수 있다 해도 1959년까지 갈 수 있을까 숫자는 막연하고 숫자는 알 수 없다. 하지만 재윤이 기억하는 숫자라면 어느 순간 완전히 이해되고 의미를 가지게 될 것이다. 하지만 시간이 지나 흐려진 숫자는 그저 멀고 먼 어느 때로 다가올 뿐이었다.

1959년의 재일조선인들이 이곳의 항구에서 배를 타고 북한으로 가게 되었다는 내용의 안내문을 읽다 스케치북을 꺼내 가지만 남은 추워 보이는 나무들을 그렸다. 이 나무들은 1959년에 심은 나무인 것일까 생각하면서. 이 많은 사람들은 어디에 가는지 무엇이라도 알고 배를 탔을까 안내문이라는 것은 늘 무엇을 안내하는지 누구의 목소리로 이야기를 하고 있는지 그 목소리는 지금 어디 있는지 알 수 없다는 생각을 버드나무인지 아닌지도 모를 그저 눈앞의 나무를 보며 했다. 재윤은 울창한 버드나무만을 알고 있었지만 무엇이든 정확히 알아야 해 하고 속으로 다짐하듯 말했다. 나무를 알고 익혀서 언젠가는 의자도 책상도 만들 것이다. 그러려면 버드나무를 제대로 알아야겠지. 버드나무인지 알 수 없는 그러나 버드나무를 익히는 마음으로 눈앞의 나무를 그렸다. 나중에 학교로 돌아가 정말로 목판화를 다시 하게 된다면 항구에서 배를 타는 사람들을 판화로 만들어 찍고 싶다. 재윤에게 그 사람들은 왜인지 막막한 눈을 하고 있는 것 같았다.

　재윤은 이 이야기를 애리에게 편지로 쓰고 싶었다. 어떤 사람을 그리고 싶고 어떤 사람은 지나가는 사람이 되는 것처럼 어떤 이야기는 생각만 하게 되고 어떤 이야기는 누군가에게 전하고 싶어진다. 재윤은 이야기를 할 사람이 애리밖에 없는 것처럼 종종 느꼈다.

　애리가 받은 엽서 중 아무 내용 없이 그림만 있는 것도 있었는데 아무 내용이 없다기보다 재윤의 이야기는 없었고 나무에 대한 설명만 있었다. 그림은 잎이 없는 겨울나무였다. 남아 있는 가지도 몇 없었다. 하지만 황량하거나 앙상한 느낌은 아니었다. 잎과 가지가 없을 뿐 여전히 그 자리에 서 있는 나무였다. 나무는 세심하게 그려져 있었고 나무 뒤 길과 건물이 간단하게 스케치 되어 있었다. 애리는 일이 끝난 주말 표구점에서 그 엽서를 넣을 수 있는 크기의 액자를 사서 책상 위에 두었다. 아침에 일어나 그것을 인사처럼 보고 일을 하러 나갔다. 나무는 언제나 말이 없지만. 연필로 그린 나무를 보는 것은 좋았다. 어쩌면 실제 나무를 보는 것만큼 좋은 일일지도 모르겠고 그것이 왜인지 애리를 돕는 기분이었다. 애리 자신도 어떤 도움을 필요로 하는지 아직 알 수 없었고 그림에게 무엇을 요청할지 정하지 못했지만 말이다.

    애리가 여전히 귀에 대해 생각하던 어느 날이었다. 대체로 조용하기 때문에 한밤중의 의자를 끄는 소리와 구두 소리 문을 여닫는 소리 머리 말리는 소리가 더욱 크게 들리고 어느 밤에는 벽을 따라 아직 얼굴도 익지 않은 여자애가 고향 친구와 나누는 이야기가 들려온다. 애리는 일찍 잠이 들고 잠결에 가끔 응응 이제 괜찮아 같은 이야기를 듣고 어느 날은 늦은 밤 숙소로 돌아와 이제는 대화상대가 애인으로 바뀐 여자애의 목소리를 듣는다. 까마귀. 그런 밤에는 어두운 방에서 눈을 감고 누운 채로 엽서 속 까마귀 그림을 떠올리며 그것을 천천히 쓰다듬는 생각을 하며 잠을 청했다. 실제의 까마귀라면 이내 푸드덕거리며 날아가려 들겠지. 아니 그 전에 까마귀를 손에 잡을 수도 없을 것이다. 까마귀를 품에 안고 쓰다듬는 것은 전혀 부드럽지도 평화롭지도 않겠지 날카로운 발톱은 가슴을 할퀴고 부리로 목을 쪼고 곧 소리를 내며 날아오르겠지 하지만 윤기 나는 깃털은 만지면 부드러울지 몰라. 그림 속 까마귀는 실제 까마귀 같았지만 실제 까마귀가 아니므로 오래도록 쓰다듬는 생각을 할

수 있었고 잠시 윤이 나는 까만 털을 쓰다듬는 생각을 하
다 보면 애리는 어느새 잠이 든다. 그날 밤 꿈에서는 까
마귀가 아니라 검은 고양이를 품에 안고 있었다. 아니
그 검은 고양이는 보통의 고양이보다 커서 품에 안고 있
다라기 보다 침대에 나란히 함께했다는 것이 맞을 것이
다. 애리는 검고 윤이 나는 털을 쓰다듬었다. 애리는 고
양귀 고양귀 하고 잠결에 말을 하다 깨어났다. 아마 소
리를 내지 않았다면 잠에서 깨지 않았을 것이고 애리는
고양귀와 나란히 누워 작고 고른 숨소리를 내며 잠을 자
고 있었을 것이다. 가끔 팔을 뻗어 검고 윤이 나는 털을
쓰다듬으며.

　　그날은 일찍 깬 김에 일찍 준비를 하고 회사에 갔다.
항구 근처 대도시와 인접한 도시에 위치했고 숙소는 인
근 지역 중소기업 노동자들을 위해 지어진 곳이었다. 숙
소가 위치한 도시 안 교통편은 적었고 대도시를 오가는
열차와 버스편만 비교적 자주 운행되는 곳이었다. 샤워
를 하고 옷을 입고 사람이 적은 이른 아침의 열차를 탔
다. 열차를 타기 위해 걸어가며 차가운 바람에 온몸과
마음에 붙은 귀들이 까마귀 고양귀들이 가볍게 날아가
는 것 같다고 느꼈다. 그래서 그 후에 애리는 무언가를
열심히 듣기보다 숨을 들이마시고 내쉬면서 어디선가

비에 젖은 흙냄새가 나는 것 같다고 생각하며 역을 향해
걸었다.

출근을 하기 위해 열차에 오르면 별것 없는 풍경이
지만 왜인지 늘 마음을 뺏긴 채 쳐다보게 된다. 영원히
갈 일이 없는 것처럼 느껴지는 주변의 집들과 골목 풀 나
무와 창들을 넋을 잃고 바라본다. 저 근처 어딘가로 집
을 구해서 영원히 갈 일 없을 것 같던 곳을 실제로 가보
는 것도 가능할 거야. 그런 생각이 들자 애리는 잠시 이
사를 마음먹어 보았다. 당장 이사를 갈 이유는 없었고
이사를 가면 돈이 많이 들 것이다. 하지만 마음을 먹으
면 이사를 못 갈 것도 없을 것이다. 애리는 제대로 한 번
도 가본 적 없고 둘러본 적도 없는 숙소와 회사 사이의
길과 골목 나무와 공원들을 떠올려보았다. 실제로 그 길
을 걷는다면 거기에는 아무것도 특별한 것이 없을 것이
다. 하지만 무언가가 있기는 할 것이다. 개를 안고 가는
사람과 언제나 공원에 앉아 시간을 보내는 사람들과 페
인트칠이 벗겨진 안내문 같은 것이 있을 것이다. 열차의
창에서 보이는 풍경들은 실제로 갈 일이 없기 때문에 실
제보다 특별하게 느껴지는 것이겠지.

그날은 오랜만에 동료와 일이 끝나고 같이 저녁을
먹었다. 동료는 몇 년 전 애리와 같은 층에서 살았는데

곧 여동생과 집을 구해 나갔었다. 동료는 여동생이 일 년쯤 있다가 애인과 취업 이민을 갔다고 했다. 여동생은 여러 번의 시험 끝에 합격을 하여 관공서에서 일을 한다고 했다. 동생의 남편은 공장처럼 커다란 노인 병원에서 일을 한다고 했다. 관공서도 병원도 모두 커다랗다고. 왜인지 여동생을 다시 보려면 시간이 조금 흘러야 할 것 같아. 동료는 여동생이 당분간은 이민을 간 나라에서 줄 곧 생활할 예정이라고 했다. 애리는 먼 곳에 사는 사람들을 떠올려보려고 했지만 금방 떠오르는 사람들은 없었다. 오히려 자신이 이곳저곳에서 살았으니 남들이 보기에는 떠도는 사람처럼 보일 수도 있겠다는 생각을 잠시 했다. 동료에게 여름휴가에 무엇을 할 것인지 물었는데 동료는 아무 곳에도 가지 않을 것이라고 했다. 그러다가 아무 곳에도 가지 않는 것은 아니고 평소보다 일찍 잠이 들었다가 그만큼 일찍 일어나 자전거를 타고 숲으로 가 새벽에 산책을 할 것이라고 했다.

　　— 아니 사실 잘 모르겠어. 더워지면 밖에 나가지 못할 테니까 해본 말이야. 사실 나는 아무것도 안 하고 집에 있는 것에 아무런 불만이 없어. 진짜로 할 것 같은 것은 어릴 때 읽던 니마 탐정 시리즈를 다시 읽는 거야.

동료는 애리에게 니마 탐정에 대해 설명해 주고 애리는 그런데 새벽에 산책을 하는 것은 그럭저럭 한 번 정도는 해볼 만할 것 같다고 생각한다. 동료는 애리에게 휴가 계획을 묻고 애리는 아직 시간이 남아서 이제부터 생각해 볼 것이라고 말한다. 어쩌면 카페에서 쉬지 않고 일을 하게 될지도 몰라. 아니면 덜 더운 시간 자전거를 타고 숙소에서 회사까지 선로를 따라가 볼지도 모르겠어. 애리는 준비된 답처럼 숙소에서 회사까지 오갈 것이라고 했다. 언제나 지나치게 특별하게 생각하게 되는 창밖의 풍경들에 조금은 익숙하게 반응하게 될지도 몰라. 동료는 다음에는 집으로 초대하겠다고 했다. 음식을 만들어 주겠다고 했다.

— 휴가에 할 일이 없다면 말이야. 네가 아르바이트하는 곳이랑 멀지 않으니까. 나는 아무 때나 잠들고 맘 먹는 시간에 일어날 수 있거든. 니마 탐정을 같이 읽다가 새벽에 자전거를 타러 가도 좋을 것 같아.

애리는 그것도 괜찮겠다고 말하며 실제로 가게 된다면 무언가 먹을 것을 사 가야겠다고 생각한다. 동료와

헤어진 후 역 주변을 걸었다. 걷다 보니 지은 지 백 년이
넘은 오래된 단지로 가는 버스가 보였다. 버스는 단지를
지나 커다란 병원을 지나 몇 개의 공원을 지났다. 애리
는 버스를 타고 오래된 단지에서 내렸다. 백 년이 넘었
다는 오래된 아파트 단지는 절반 정도는 사람이 거의 살
지 않아 관리되지 않은 채로 남아 있었고 페인트를 새로
칠한 몇 개의 동에서 사람들이 오가는 것이 보였다. 오
래된 단지는 페인트가 벗겨져 있었고 그 외에는 그저 오
래되어 보일 뿐이었다. 특별히 황폐해 보이거나 낡아 보
이지는 않았다. 애리는 그곳에서 오랜만에 까마귀를 보
았다. 단지에는 이제는 찾아보기 힘든 음식물 쓰레기 처
리장이 있었는데 까마귀는 처리장 펜스 위에 서서 상해
서 이미 발효가 된 것 같은 뭉개진 사과를 먹고 있었다.
애리는 아니 애리 역시 까마귀를 보았다고 누군가에게
말을 하고 싶어졌다. 그래서 자신이 지금까지 엽서를 받
아온 것이구나 까마귀를 마주한 채 애리는 그것을 깨닫
는다. 까마귀는 애리를 정면으로 쳐다보지도 뒤돌지도
않은 채 비스듬히 고개를 향한 채로 사과를 먹는다. 애
리의 귀는 실제로 까마귀가 그렇게 먹지 않았음에도 그
소리를 그 순간 증폭하여 사각삭사각 하는 소리로 듣는
다. 까마귀는 곧 날아가고 애리는 새로 페인트를 칠한

아파트 앞 버스 정류장에서 버스를 타고 숙소로 돌아갔
다.

매축지
마을
수국 화분

정영선

현재 남은 범일5동 매축지 마을(부분)　　　　　　　　　　출처: 네이버지도

성남로가 끝나는 곳에 셀프 주유기 4대와 실외 화장
실이 있는 오래된 주유소가 있다. 주변에 세차장과 편의
점이 달린 큰 주유소가 몇 군데 있어 손님이 많지는 않
지만, 주유소 담 아래 붙은 화단을 본 사람은 있을 것이
다. 벽에 붙여 벽돌로 만든 길쭉한 사각형 화단에 동백,
매화, 빨갛게 핀 덩굴장미가 있고 그 앞에 남보라 수국
과 다육화분이 있었다. 꽃나무를 가꾸는 사람은 주유소
사장 아버지의 친구이다. 죽은 친구가 생각나 자주 오
고 꽃도 본다고 하지만 주유소 지분을 조금 가지고 있다
는 소문도 있었다. 주유소 소장은 삼십 대 초반, 잡아당
긴 듯 목과 팔다리가 길고 마른 체형인데 한 번씩 연기도
잘했다. 주임인 P는 서른아홉, 날씬하지도 예쁘지도 않
은데 목소리와 피부는 좋다. 중학교 때부터 들었던 말이
다. 정신과 병원의 간호사도 그 말을 하며 웃었다. 이렇
게 피부가 좋은데 뭘 고민하냐는 듯이.

P는 두 달 전 좌천동 증산 아래 낡은 아파트로 이사

이사를 했다. 짐 정리를 대충 한 후 뭐라도 해야 할 것 같
아 이리저리 다니다 길가에 붙은 구인 광고를 보고 주유
소로 전화했다. 여자도 되냐고 물었는데 답이 마음에 들
었다. 여자라서 안 될 이유가 있어요? 그다음 말은 더 마
음에 들었다. 세차장은 없어요. 8시부터 16시까지 근무,
세차장이 없어서 그런지 월급은 P의 예상보다 30만 원
적었다. 내일 이력서와 주민등록초본을 들고 오라는데,
거의 채용된 것 같은 느낌이었다. 알겠다며 전화를 끊으
려는데 아픈 데는 없냐고 물었다. 아픈 데…요? P는 약
봉지 하나를 떠올리며 망설였다. 남자가 먼저 목소리 들
으니 건강해보인다고 해서 마음이 놓였다. 어디 사냐고
물어서 좌천동이라고 하자 가까워서 좋다는 말까지 했
다.

   P는 이력서를 준비하지도 초본을 떼지도 않았다.
전화를 끊고 검색을 해보니 성남이로 아래 주유소가 있
었는데 '그 길'을 다시 걷고 싶지 않았던 것이다. 이미 몇
사람이 서류를 들고 주유소에 왔을 거고, 그중 적당한
사람을 선택하면 될 일이니 P가 신경 쓸 일은 아니라고
생각했다. 그런데 다음 날 약속 시간이 두어 시간 지난
후 전화가 왔다. 받은 서류를 어디에다 두었는지 찾을
수 없다고 한 번 더 가져오라는 것이었다. 아까 정유 차

가 와서 정신이 없는데 한 손님이 급유기를 안 빼고 차를 출발시켜서… 분명히 받은 것 같은데. 서랍 뒤적거리는 소리까지 났다. 전화 잘못건 것 같다고 하자 남자는 좌천동 사시는 분 아니냐고 되물었다. 거기 사는 건 맞다고 하자 서류는 다음에 내도 된다고 했다. 서류가 문제가 아니라…, P는 결국 성남이로로 가기 싫다는 말까지 했다.

남자가 당황한 듯 급하게 물었다.

성남이로가 어딥니까?

육교 건너서 오른쪽으로 내려가는 길이잖아요.

아, 혹시 우편물 배달이나 택배 일을 하십니까?

이번에는 정중하게 물었다.

P는 아니라고 하면서 그쪽 일자리를 알아봐야겠다고 생각했다. 남자는 그 사이에 성남이로를 검색해 본 듯 그 근처에 성남일로도 있다고 했다. 그 길로 오셔도 금방입니다. 순발력이 상당했다. P는 성남일로도 잘 알고 있다는 말은 하지 않았다.

성남일로와 성남이로는 성남로의 종속도로이다. 같은 종속도로라고 해도 재개발이 끝난 일로와 달리 이로는 아직도 많은 골목길을 가지고 있다. 밭두둑처럼 늘어

선 좁은 길에 3, 5, 7, 9, 11…의 번호가 달려있다. 골목
의 길이는 약 120미터, 12채의 집이 등을 대고 붙어있
다. 새시 문 4짝이 현관이고 대문이다. 7평 남짓. 부엌과
방, 작은 다락방이 있어 2층 구조로 된 집도 많다. 새시
문을 열면 정강이에 닿을 듯이 바짝 붙은 마루가 나타났
다. 그 마루 아래 신발을 벗고 올라서면 방이 나온다. 고
층아파트가 들어선 범일5동 3통, P와 동생이 고등학교
까지 다닌 집도 그곳에 있었다. P는 동생과 다락방을 썼
는데 중학생이 된 뒤부터 방이 좁아 대각선 방향으로 누
웠다. 가끔 동생이 다리가 벽을 뚫고 나간 꿈을 꾸었다
고 하면 엄마는 키 크는 꿈이라며 웃었다. P는 부엌에서
물 세 바가지로 목욕을 했고 두 바가지로 머리를 감았
다. 체육복과 교복, 겨울 파카, 소풍 때 입는 바지와 티셔
츠 외엔 다른 옷이 없었다. 안방의 벽엔 아버지의 출근
잠바와 P와 동생의 교복이 나란히 걸려 있었다. 남자들
은 집 앞 골목에서 등물을 하고 여자들은 부엌 구석에서
뒷물을 하고, 햇빛이 좋은 날이면 집 앞마다 빨래가 널
려 골목을 덮었던 곳이다. P는 아침 공동 화장실 앞에 줄
을 서서 다리를 배배 꼬며 쩔쩔매지 않으려고 밤 12시에
꼭 변을 보고 잤다. 소변이든 대변이든.

범일5동 3통 재개발에 대한 소문은 해운대까지 들렸다. 애써 귀를 닫았지만 상전벽해라는 말도 부족하다는 말을 듣지 않을 수 없었다. P는 몇 번을 망설이다 새 학기가 시작된 3월 초순, 동생이 입주를 포기한 아파트를 찾았다. 좌천역에서 범일5동 3통까지의 익숙한 길, 우선 굴다리부터 지나야 했다. 밤 9시만 되면 인적이 끊겼던 곳이라 같은 고등학교에 다녔던 훈식이 먼저 내려와 굴다리 앞에서 P를 기다렸다. 간간이 폭행 소식이 들리던 길이라 위험했지만 둘은 그 위험을 이용해 손도 잡고 입도 맞추었다. 훈식은 1통, P는 3통에 살았다. 지금의 성남일로 옆인 1통의 재개발이 빨랐다. 훈식은 아버지가 입주권을 팔고 그 돈으로 2통 집을 두 채나 샀다고 했다. 두 채나 뭐하게? P는 놀라서 물었다. 2통이 재개발하면 한 채는 입주하고 한 채는 팔아 분담금으로 쓰겠대. 그러지 않으면 아파트에 절대 들어가지 못한다고. 정말 고등학교 졸업을 앞두고 2통의 재개발이 결정되었고 몇 년 뒤 훈식은 고층아파트로 입주를 했다. 그래도 P는 엄마에게 훈식이네처럼 집 한 채를 더 사야 한다는 말은 하지 않았다. 3통에서 우등생으로 소문 난 P는 그렇게 하지 않아도 잘 살 자신이 있었다.

굴다리 끝에서 잠시 훈식을 생각했지만 P는 걸음을

늦추지는 않았다. 곧 경부선 철길 위 육교를 건너야 한다. 마을을 가르는 길 끝에 철길을 가린 장벽이 보였다. 그 옆 육교의 계단과 가림막은 매축지를 배경으로 한 영화의 주인공을 그린 그림들이 차지했다. 친구, 하류인생, 마더, 아저씨…. 천만 관객이 찾은 영화도 있었지만, 영화 때문은 아닐 텐데 마을은 세트장처럼 변함없이 그대로였다.

　　육교를 내려오면 성남이로였다. 그 길을 중심으로 오른쪽이 6통, 왼쪽이 3통. 개발을 기다리는 6통은 해가 지기도 전에 어두워졌고 3통은 고개를 뒤로 젖혀도 끝이 보이지 않는 50층 고층 건물이 되었다. 밭두둑만 한 골목을 사이에 두고 한집처럼 붙어있던 좁은 집들이 있던 곳에 어떻게 저런 거대한 건물이 들어설 수 있을까. 6통의 연탄은행 맞은 편의 아파트 입구로 눈이 빨려 들어갔다. P는 식구들이랑 살던 집이 골목 입구의 집들과 함께 주차장으로 내려가는 도로로 변한 것을 확인한 후에도 눈을 돌리기가 어려웠다. 심장이 뛰고 다리가 후들거렸다. 동생이랑 자던 다락방 위로 차가 지나가고 집안 살림들이 깨지고… 자신의 시간도 다 부서진 것 같았다.

　　며칠 뒤 훈식에게 전화를 했다. 이제 훈식은 굴다리에서 P를 기다리던 1통 친구는 아니다. 사업에 실패하고

이혼하고 부동산으로 재기한 후 다시 결혼하고…그래
도 해운대 왔다며 가끔 밥을 샀다.

　　첫날부터 좀 늦었다. 3시에 오라고 했는데 3시 10
분이었다. 노인 한 분이 동백나무 아래 유채꽃 모종을
심고 있었다. 익숙한 목소리가 들렸다. 노인 옆에 선 남
자가 또 어디서 가져왔냐고 물었고 노인은 저쪽에서라
고 고개를 돌리다, P를 보고 저기 오네라며 허리를 폈다.
코피가 났는지 콧구멍에 휴지를 꽂은 빼빼 마른 남자가
다가와 서류가 든 봉투를 받았다. 이력서를 꺼내 읽은
그는 지원자 중에서 적당한 사람이 없고 얼굴도 보고 싶
어 연기를 했다며 웃었다. 어땠어요? 라고 묻기까지 해
서 잠시 말문이 막혔지만 기분이 나쁘지는 않았다.
　　P는 그날부터 3일간 실무를 익혔고 나흘째부터 정
식직원이 되었다. 사무실과 실외 화장실 청소, 사무실
비품 관리, 주유기 청결, 화단에 물 주는 것이 P가 할 일
이었다. 남자는 밤 11시에 주유소 문을 닫고 아침 6시에
문을 연다고 한 후 소방 및 안전 점검, 세금 신고 같은 일
을 한다고 했다. 중요한 거라고. P는 고개를 끄덕이며 사
장님이냐고 물었다. 그는 자신은 소장이고 작은아버지
가 사장이라고 했다. 저분요? 돌아보니 화단엔 아무도

없었다. 소장은 그분은 사장님의 돌아가신 아버지의 친
구라고 했다. 이 작은 주유소에 소장, 사장도 있고…. P
가 나는 뭐냐고 묻자 주임이라고 했다.

　　SUV 운전자가 기름을 넣고 있었다. 요즘 손님들은
셀프주유기 사용에 익숙해서 직원이 할 일이 많지는 않
다. P는 그 근처에 있다 손님이 주유구 잠그는 걸 확인하
고 화장실 청소를 하러 갔다. 남녀 화장실 휴지통을 비
우고 솔로 변기 안을 문지르고 세면대와 그 위에 달린 거
울까지 닦았다. 손님들보다 지나가는 사람들이 더 많이
사용한다는 건 알았지만 변을 보고 물도 안 내리는 사람
이 있다는 건 몰랐다. 화장실 청소를 마치면 사무실 청
소, 다행히 사무실 안 방과 화장실 청소는 소장이 한다
고 했다. 사은품인 휴지까지 챙기고 소장에게 청소 완료
라는 문자를 보냈다.

　　산책하던 개가 무슨 냄새를 맡은 듯 주유소 앞 도로
의 가로수 밑동에 주둥이를 묻고 킁킁거렸다. 낮에 노란
길고양이가 흙을 파던 곳이었다. 개가 흙을 파자 주인이
목줄을 당겨 건널목 쪽으로 걸음을 재촉했다. 까만 흙이
점점 많이 드러났다. P도 파보고 싶었다. 무슨 냄새가 날
까. 엄마는 바다 냄새가 난다고 했다. 흙 아래 조개도 살

고 홍합도 살았다고. 엄마 생각이 나서 그런지 자꾸 검은 흙을 파고 싶었다. 아침 약을 먹었는지 생각이 나지 않는다. 흙을 자꾸 파고 싶은 걸 보면 아무래도 안 먹은 것 같다. P는 실외 화장실 옆 작은 창고로 고개를 돌렸다. 그 안에 호미가 있을 것이다.

승용차 한 대가 들어와 생각이 멈췄다. 흰색 모닝. 몇 달 전까지 P가 타고 다니던 차다. 해운대 근처에서 중고등학교 기간제 교사를 오랫동안 했다. 강의 평가는 나쁘지 않았고 아이들과의 관계도 좋았다. 학교에 따라 수업시수와 업무량을 과도하게 주는 곳도 있었지만 그것도 견딜만했다. 그런 학교일수록 재계약 확률이 높았다. 재계약을 하면 인정받고 있다는 생각에 더 열심히 하고, 끝나면 다른 학교 소개도 받고, 차도 사고 집도 얻고 삶에 대한 불안감이 조금씩 사라지고 있었다. 엄마가 돌아가신 뒤 비어 있던 매축지 집을 동생이 달라고 했다. 재개발이 확정되기 전이었다. 언니가 대학 다닐 동안 나는 화장품 가게 다니면서 엄마 용돈 드렸어. 그 돈이 언니한테 갔을지도 몰라. 동생은 그 말을 두 번이나 했다. 3통의 재개발 공사가 시작됐을 때 동생은 1억을 빌려달라고 했다. 새로 짓는 아파트 분담금이라고. 천만 원이면 모를까 그렇게 큰돈은 없다고 하자 이때껏 선생 해놓

고 1억도 없냐고 섭섭해했다. P는 며칠 뒤 천만 원을 보
내며 매축지 집을 팔고 이사 가라고 했다. 재개발로 7평
쪽방의 집값도 많이 올라 근처 오래된 아파트는 충분히
살 수 있었다. 동생은 평생 그런 곳에 살 수 없다며 은행
에서 대출받고 모자라는 건 주변에서 빌리겠다고 했다.
뭘 믿고 저러는지 보고만 있었는데, 몇 달 만에 이자를
감당할 수 없다며 입주권을 팔고 겨우 원룸을 얻어 이사
를 했다.

　　모닝이 주유소를 나간 후 P는 화장실 옆 창고로 갔
다. 주로 화단을 가꾸는 호미나 작업용 장갑, 전지가위,
헌 간판 같은 게 들어있었다. 호미를 들고나와 가로수
아래 흙을 파기 시작했다. 호미질 서너 번에 까만 흙이
나타났다. 흙을 작은 페트병에 담았다. 엄마는 여기가
전부 바다였다고 했다. 바다 가까운 산을 깎아 전쟁 때
메꿨다고 했는데, P가 찾아보니 해방 전이었다. 그 자리
에 말을 키웠다는 말도 들었다. 여기는 말 마구간, 저어
기 우암동엔 소 마구간. 그 뒤로도 얼마나 많이 메웠는
지 지금은 바다가 보이지 않는다며 아쉬워했다. 화장실
도 없는 이런 집을 만드느니 메우지 말고 그냥 두지… 조
개나 캐 먹게. 엄마는 장마철마다 산밑으로 이사를 가자
는 말도 되풀이했다. 습기와 악취, 곰팡이, 길바닥에 넘

쳐나는 오물 때문에 살 수가 없다고. 아버지도 동생도
반대했다. P도 그랬다. 재개발될 때까지 좁아도 더러워
도 참아야 한다고.

"그거 뭐 할라꼬?"

깜짝 놀라서 돌아보니 첫날 본 노인이었다. 아도 아
니고 흙 노락질을 다 하네. 주유소는 저렇게 비워두고.
놀라서 돌아보니 소형 트럭은 주유 중이고 승용차도 들
어오고 있었다. P는 급하게 손을 털며 일어났다. 트럭 운
전사는 능숙하게 기름을 넣고 영감에게 가벼운 목례를
했다. 손님에게 휴지를 건네고 돌아보니 노인이 흙이 든
페트병을 흔들고 있었다. 그대로 쓰레기통에 버릴 것 같
아 마음이 바빴다. 할아버지, 안 됩니다! 할아버지? 노
인은 그 말이 거슬리는 듯 빤히 쳐다보더니 영감님이라
고 부르라고 했다. 그게 좋을 것 같았다.

"흙을 더 담아야 뭐라도 심지."

영감이 혀를 찼다. P는 물을 부을 거라고 했다.

"물? 물을 왜?"

영감이 정말 궁금하다는 듯이 물었다. P는 영감의
손에서 페트병을 뺏어 들며 부모님 제사상에 놓을 거라
고 했다.

"제사상에?"

영감이 믿을 수 없다는 듯 얼굴을 빤히 보았다.

P는 술집에서 한 번, 길에서 한 번, 집에 와서 한 번 더 게워 내고 잠이 들었다. 술을 먹고 3번 올리면 속이 편해진다고 한 사람은 엄마였다. 하루건너 하루꼴로 술독에 빠져 돌아오는 아버지를 보면서 얻은 경험이라고 했다. 3번을 빨리 올리는 게 나아. 그래야 자지. 다니고 있던 사촌 회사에 선 보증으로 아버진 집과 직장을 잃고, 부두 노동자로 전락했다. 제정신으로 어찌 살겠노. 술로 만사 잊어야지. 그래도 재개발이 된다 하니···. 아버지보다 엄마가 더 술에, 고통과 희망에 취한 것 같았다. 그 이야기까지 영감에게 했을까. P는 어제 일을 마치고 집으로 가다 좌천역 앞 건널목에서 영감을 만났다. 맛있는 밥집이 있는데 1인분은 안 판다고, 곤란한 표정으로 횟집이라고 했다. 그 순간 입안에 침이 고였다. 그렇게 해서 시작된 술자리였다.

영감은 전쟁 때 매축지에서 발견되었다고 했다. 태어난 게 아니라 발견. 걸어 다녔으니 네댓 살은 된 것 같은데, 이름도 모르고 나이도 모르고 신발도 없이, 여름이니까 살았겠지. 영감은 술잔을 비운 후, 얼굴을 씻기고 헌 옷을 구해 입혀준 사람이 북쪽에서 내려온 매축지 마을 사람이었다고 했다. 자기들 식구로도 터져나갈 좁은 집에, 고마운 분들이시지. 좀 놀라운 이야기였지만 P는 회만 먹고 일어나야겠다고 생각하며 소주병을 들었다. 소장이 내지도 않은 서류를 다시 가져오라고 했다는 말을 하며 영감의 잔에 술을 따랐다. 다른 지원자가 죄다 60대 후반이라 적당한 사람이 없었다는 말을 하다 영감은 고개를 돌렸다. 횟집 주인이 다가왔다. 젊은 여자분이랑 오셨는데, 이것뿐이라며 작은 접시를 테이블에 놓고 P의 얼굴을 쳐다봤다. 어허, 이 사람이. 영감이 가볍게 나무랐다.

　이거 먹게. 향기가 좋아. 주인이 돌아가자 영감이 접시를 P 앞으로 밀었다. 돌멍게라는데 돌속에 핀 꽃 같았다. 영감이 또 재촉을 해서 껍질 속 멍게를 집어 입속에 넣었다. 입안에서 퍼져간 짙은 향이 몸을 한 바퀴 돌고 다시 콧구멍으로 나오는 것 같아 당황스러웠다. 영감은 두껍고 부드러운 껍질에 술을 부어 마시며 하던 이야기를 이어갔다. 고아원에서 지내면서 틈만 나면 이곳으로 한 번씩 왔어. 이곳이 내게는 고향인 셈이지. 열대여섯 살이 되었을 때는 내가 아니라 그분들 걱정이 되더라고. 사실 사는 게 형편없었잖아. 지금은 복개됐지만 저 아파트 앞길이 예전엔 하천이었는데, 비 오면 오물들이 넘쳐서… 그 말을 들을 때까지 정신은 멀쩡했는데 일어나니 세상이 흔들렸다. 영감을 따라 돌멩게 껍질에 소주를 부어 향기 좋다며 홀짝홀짝 마신 게 문제였다. 그대로 집에 가야 했는데 2차를 사겠다며 P가 앞서 맥줏집으로 갔다. 흙이 든 물병을 꺼내 바다 냄새 난다고 좋아하며 손뼉을 치고. 학부모가 고발한 이야기도 했을 거다. 빨갱이처럼 적개심이 많다고. 훈식은 납작 엎드리라고 했는데 영감은 뭐라고 했을까.

학부모의 말이 알레르기처럼 올라오기 시작했다. 온몸으로 퍼져가기 전에, 정신이 녹기 전에 P는 일주일 전에 처방 받아온 약을 한 봉지 먹었다. 7시 30분. 몸 안으로 들어간 약을 추적하며 좌천역 건널목을 건넜다. 위장으로 들어간 약은 간으로 가고 거기서 혈액에 섞여 머릿속의 그 말과 싸울 것이다. 바닷가에 100층의 고층아파트를 짓는 건 공유재인 바다를 팔아 소수의 사람에게 혜택을 주는 것과 같다. 그 말이 뭐 어떻다고…. 의사가 아티반의 용량을 줄인 탓일까. 여전히 그 학부모의 음성이 몸 안에서 울린다. 그런 적개심을 가지고 어떻게 애들을 가르칠 수 있어요? 전 없다고 봅니다. 아주 점잖은 사람이었다. P는 그게 더 무서웠다. 아버님, 학생이 제

말을 오해해서… 그런 뜻이 아니고. 구차하게 변명하지 마세요. 굴다리를 나온 뒤 경부선 철길을 건너는 육교에서부터 달리기 시작했다. 뛰고 뛰고 뛰고. 목이 말라 사무실 안으로 들어가 정수기의 물부터 받았다. 물을 마시면서 보니 사무실 안쪽에 있는 당직실 방문이 열려있었다. 때 묻은 벽지와 퀴퀴한 냄새. 오래된 텔레비전을 생각하며 들여다보았는데…, 환했다. 큰 책상과 컴퓨터, 책꽂이가 있었다. 배우 수업, 촬영의 모든 것, 인간의 마음을 사로잡는 스무 가지 플롯 같은 책이 꽂혀있고, 방바닥엔 시내 대학교에서 만든 교재가 있었다. 창에 민트색 블라인드까지. 왜 거기 있어요? 소장이 사무실 입구에 있는 화장실에서 나오며 인상을 찌푸렸다. 문이… 무슨 일이 있나 해서. P는 얼굴이 붉어지는 것 같아 옷걸이에 걸린 근무복을 벗겨 들고 사무실을 나왔다. 화단 앞에서 숨을 고르며 유채꽃에 붙은 벌레도 한 마리 잡았다.

"뛰어왔어요?"

면 잠바 위에 검은 백팩을 맨 소장이 뒤에 서서 물었다. P는 그렇다고 했다. 20분이나 남았는데 왜 뛰어요? 쓸데없는 일을 했다는 듯 가볍게 나무랐다. 20분 전이라도 뛸 수 있지, 정신이 녹아내리는데. P는 막 끓어오르는 말을 겨우 눌렀다. 목이 말랐다.

"꽃 좋아하네, 영감님처럼. 있을 때 많이 보세요. 근데 저 화분 어디서 가져온 건지 알아요?"

P는 그런 걸 알아야 한다고 생각해본 적이 없어서 아무 말도 할 수 없었다. 다시 열이 나고 심장의 움직임도 빨라졌다.

주유소로 들어온 소형 트럭 운전자가 급했는지 차를 입구에 대고 화장실로 달려가고 있었다. P는 우선 주유기 근처에 있는 휴지통부터 비웠다. 소방 점검이 생각나 화기엄금 안내판과 주유기 계기판을 닦은 후 화장실을 보고 있는데 근무복 호주머니의 전화가 울렸다. 동생 전화였다. 부모님 제사 때문일 거다. 음력 4월, 장미가 필 때. P는 화단의 장미를 보며 전화를 받았다. 이사했다는 말부터 하려고 했는데 동생이 빨랐다. 언니, 어제 이 동네 왔어? 한 달 전에 이사 왔다고 해야 하나, 잠깐 망설였다. 그 영감은 누군데? 동생이 다시 날카롭게 물었다. 세상에 아버지보다 더 나이 든 영감 팔을 붙들고. 설마 그런 관계는 아니재? 어젯밤의 흐릿한 기억 하나가 떠올랐다. 영감 팔 붙들고 맥줏집에서 나갔다는데, 3통 우등생께서 많이 변했대. 동생이 빈정거렸다. 누가 그래? 화를 내자 동생도 지지 않았다. 술집 나와서 어디로 간 거야? P는 바로 전화를 끊었다. 화장실에서 나온 남자가 트럭 쪽으로 가고 있는 걸 보고 섰는데 화가 났다. 술집 나와 어디로 갔냐고? 이게 정말 언니를 뭐로 보고? P는 동생의 전화번호를 눌렀다. 그게 무슨 소리냐고 물었더니 대표한테 들었다고 했다. 대표오? P는 추궁하듯 물었고 동생은 화장품 가게를 그만두고 부산진성 맞은편 주상복합 단지에 있는 부동산 중개업소에서 일한다고 했다. 훈식의 사무실도 그 근처라고 했는데…. 우리 집 꼭 찾을 거야. 전화 오네. 동생이 먼저 전화를 끊었다.

P는 일을 마치고 성남이로 11번길을 따라 걸어 올라왔다. 남아있는 매축지 마을인 6통을 반으로 나누는 길. 이곳이 사라지면 이 도로명 주소도 사라질 것이다. 밭두둑만 한 골목길을 따라 3, 3-1, 5, 5-1, 7-1, 9의 주소를 단 집들이 바람이 지나갈 통로도 없이 붙어있다. 집 앞에 늘어선 붉은색 큰 고무통의 약간 열린 뚜껑 사이로 검은 연탄이 보였다. 사놓은 연탄도 다 때지 못하고 떠난 사람들. 집 앞 화분에는 상추와 파가 주인이 없어도 자란다. 고양이 한 마리가 화분에 몸을 부볐다. 무슨 냄새가 남아있는 걸까. 자물쇠를 채운 문이 내려앉은 집도 있다. 공동화장실을 지났다. 아침마다 방광을 부여

잡고 줄을 서야 했던 곳, 노역처럼 평생 화장실 없는 집
에서 살아야 했던 사람들. 양곡상회, 사람은 없고 간판
만 붙어있다. 그 앞 전봇대에 달려있던 종도 여전하다.
1954년 마을이 불탄 이후 달았다는데 그 이후로 한 번도
불이 나지 않았다. 수십 년간 마을을 지킨 수호신이지만
그 종도 자본의 힘에는 속수무책이다. 종 아래 큰 천리
향 화분이 있고 그 앞 작은 공터 의자에 할머니와 할아
버지가 앉아 있었다. P는 맞은편 빈 의자에 앉으면서, 저
도 3통에 살았는데 옛날 생각이 나서 들렀다고 했다. 할
머니는 자기도 곧 이사 가야 한다고 했다. 60년 동안 편
하게 살았는데 이제 떠나야 한다고. 어디로 가시냐고 묻
자, 할머니의 얼굴이 금세 어두워졌다. 1년 전에 얼마 안
받고 다른 동네 사람한테 집을 팔았는데, 지금은 그 돈
으로 갈 데가 없다고 했다. 집값이 너무 올랐다고. P는
천리향을 참 잘 키웠다고 할머니를 칭찬했다. 나무가 큰
거지 내가 한 일은 없네. 할머니는 나무를 애써 외면하
며, 이사 갈 때 못 가져갈 거라 하니까 주유소 영감이 키
우겠다며 나뭇값을 좀 주더라고 했다. 그 영감이 저 아
래 빈집에 있는 화분도 들고 가서 키운다는 말은 할아버
지가 했다. 낡은 셔츠와 길쭉한 얼굴, 손가락은 쇠스랑
의 갈퀴처럼 굵고 길어 마을 어귀에 선 장승 같은 느낌이

었다. 아버지도 살아계시면 이분 같을까. P는 오늘이 부모님 제사라는 말은 하지 않고 새로 들어설 아파트에 들어가는지 물었다. 할아버지와 할머니가 동시에 말했다. 못 들어가지. 분담금이 몇 억인데. P도 씁쓸하게 웃으며 우리도 못 들어갔다고 한 후 이 마을이 어떻게 변했으면 좋겠냐고 물었다. 할아버지는 아주 단호하게 말했다. 빨리 허물고 아파트를 지어야지, 저 보라고. 할아버지는 손을 들어 건너편에 선 고층아파트를 가리켰다. 두 손 두 발 다 들었지만 그래도 받아들일 수 없는 사람의 결연한 표정과 분노가 담긴 목소리였다. 자본은 마을 사람들이 스스로 모든 기억과 삶을 부정하는 저 말을 기다린 걸까.

부모님의 사진, 장미꽃 앞에서 두 사람이 손을 잡고 어색하게 웃고 있었다. 지금의 P보다 더 젊었던 엄마. 9급 공무원에서 국제무역의 관리과장으로 직장을 옮겨 3년 만에 장만했다는 집이다. 시장도 가깝고 초등학교도 가깝. 아파트가 너무 좋아 잠자는 것도 아까웠다는 엄마. 매축지로 이사 온 뒤 엄마는 자주 아팠다. 배가 아프다 머리가 아프다 밥맛이 없다… 화병이었을 거다. 동생은 요즘 제사 안 지내는 사람도 많은데 시집도 안 간 사람이 청승스럽게 웬 제사냐고 툴툴거리면서도 오라고 하면 왔다. 며칠 전 그 전화만 없어도 불렀을 것이다. 3 통 우등생, 20년 전 별명을 아는 사람은 누구일까. P는 고개를 흔들어 훈식의 얼굴을 지우고 주유소 앞에서 판 흙을 대접에 담고 물을 부었다. 부옇게 흐려진 물 아래 조개가 사는 것처럼 보이기도 했다. 여기가 바다 그대로 였으면 우리가 이곳에 살지 않았을 거라던 엄마의 말도 생각났다. 바다가 그리워서 한 말은 정말 아니었을 거 다.

　　P는 3통에 들어선 50층 아파트를 보고 온 다음 날 수업 시간에 잠깐 미포 이야기를 했다. 사거리에서 바다 로 이어지는 내리막길. 언덕길을 내려서야 조금씩 보이 는 푸른 바다. 바람에 실려 오는 바다 냄새. 그 반가움과 설렘이 고층아파트 때문에 사라졌다고 했다. 바닷가 옆 에 왜 그렇게 높은 아파트를 짓는지 이유를 모르겠다며, 바다는 공유재이니 많은 사람이 같이 보고 즐겨야 하지 않겠냐고 했을 거다. 뒤늦게 교실 안에 그 아파트에 사 는 아이가 있을 수 있다고 생각하니 뒷목이 뻐근했지만, 교사로서 할 수 있는 이야기라고 생각했다.

　　다음 날 교장실로 불려 갔다. 수업 중에 바닷가에 선 고층아파트와 그곳에 사는 사람을 비난했냐고 물었다.

높은 아파트에 바다가 가려져 아쉽다는 뜻이었다고 하자 교장은 아파트가 들어서서 이 지역이 얼마나 발전했는데, 그런 소리를 했냐며 혀를 찼다. 학부모가 가진 자에 대한 적개심을 가진 사람은 교사로서 매우 부적당하다고 교육청에 신고했다는 것이다. P는 안타까움이라고 했지만 달라진 건 없었다.

제주로 쓴 막걸리 한 통을 반이나 마셨다. 선생님들은 왜 아무 말이 없었을까. 바닷가의 고층아파트에 대한 생각은 사람마다 다를 수 있지 않냐는 말쯤 공개적으로 해줄 수 있을 텐데⋯. P는 그 침묵이 더 무서웠다. 이렇게 그만두면 다시는 기간제 자리를 얻지 못할 거란 두려움에 휩싸여 훈식에게 전화했다. 전화로 사정을 들은 훈식은 위로부터 했다. 지나가는 개도 그 말 정도는 할 수 있지, 그것도 못하나. 대통령 욕도 하는데. 너무 듣고 싶었던 말이라. 눈물이 핑 돌았다. 도와주는 선생님이 없다고 하소연하자 훈식은 일이 커질 수 있으니, 말을 아끼는 거라고 했다. 교사들의 가벼운 위로처럼 약간 섭섭했지만 P는 어떻게 하면 좋겠냐고 물었다. 훈식은 납작 엎드려 잘못을 인정하는 게 가장 효과적인 방법이라고 했다. 전화해서 안 되면 문자도 보내. 이런 전화는 오후 3시 이후에 하는 게 좋다는 말도 덧붙였다.

　몇 마디 듣지도 않고 학부모는 할 말이 없다며 전화를 끊었다. 훈식의 말대로 문자를 보내야 할 것 같았다. 이번에 많이 배웠습니다. 다음부터는 정말 주의하겠습니다. 문자를 보내고 5분 간격으로 휴대전화를 확인했지만 답은 없었다. 훈식은 이틀 뒤쯤 한 번 더 전화하라고 했다. 이해를 구하려면 그 정도는 해야 한다고. P는 망설이다 3일 뒤에 전화했지만 받지 않았다. 또 잘못했다고 문자 하고. 학부모가 그것까지 교육청에 알릴 줄은 몰랐다. 막걸리 한 통이 금방 바닥났다. 아, 왜 바보같이… 감정 주머니가 부풀어 올랐다. 바다는 공유재가 아닌가. 맞는 말을 하고도 왜 잘못했다고 빌고. 납작 엎드리라는 말이나 듣고. P는 떨리는 손을 보고 있다 눈을 감았다. 눈꺼풀 속에서 눈이 흔들렸다. 또 시작이다.

　일어나니 9시였다. 제사상 위의 밥은 말라 있고 국은 줄어들었고…, P는 우선 아버지와 엄마의 사진부터 치웠다. 소장이 전화를 다섯 번 했다. 무단결근에 연락 두절. 어젯밤에 강박과 불안이 심해서 약을 먹고 잤다고 말할 필요가 없었다. 그런 말을 듣고 이해할 세상이 아니었다. 그런대로 무난했던 직장을 잃은 것 같았다. 걷고 약 먹고… 의사도 많이 좋아졌으니 이제 약을 줄여도 되겠다고 했는데. 그 학부모만 생각하면 어제처럼 마음과 몸이 같이 무너져 내렸다. 왜 그 사람에게 잘못했다고 사과했을까, 바보같이. 이제라도 사과하지 않겠다는 말을 하고 싶었다. 분명히 전화 번호를 저장했을 텐데 이름이 생각나지 않았다. ㄱ부터 저장된 이름을 확인하는데, 학부모회를 담당했던 동료가 생각났다. 계약직의 설움이라고 위로하며 커피도 사준 사람. 아직 기간이 남아있으니 학교에 있을 건데 박이었나 장이었나, 확실하지 않아 다시 주소록을 뒤졌다. 겨우 찾아 전화했지만 받지 않았다. 수업 중인가. 떨리는 손가락으로 문자를 하고 있는데 누군가 문을 두드리면서 박 주임 하고 불렀다. 소장의 목소리였다. 금방이라도 문을 따고 들어올 것 같은 기세였다. P는 문자를 하다 말고 문을 열었다. 왜 그렇게 전화를 안 받아요? 뭔 일이 있는 줄 알고 놀랐잖아요. 소장은 정말 걱정했다는 듯 숨을 내쉬었다. 주소는 어떻게 알았어요? P가 놀라서 묻자 소장은 주민등록초본은 왜 받겠냐고 했다. 아…. 주유소는 어쩌고요? 어쩐지 걱정되었다. 영감님이 있겠다고 가보랍니다. 무슨 병이 있을지 모르니, 택시 타고 가보라고. 소장이 얼굴에서 눈을 떼지 않았다. 병이요? P의 목소리가 흔들렸다. 예, 순간적으로 쓰러지면 크게 다칠 수도 있다고. 소장의 눈이 입가로 옮겨왔다. P는 뭔가 묻어있는 것 같아

입가를 닦고 고개를 흔들었다. 소장이 11시부터 근무할
수 있겠냐고 물었다.

 P는 좌천동의 계단과 계단을 내려와 굴다리를 통과
했다. 육교 계단을 다 올라가자 부산역쪽에서 환한 기관
차 불빛 두 개가 다가왔다. 속도가 빠르고 소리도 크지
않다. ktx일까. P는 기관차가 철컥철컥 바퀴소리를 내며
진역 쪽으로 사라지는 걸 보고 있었다. 늘 기차를 타고
이 도시를 떠나고 싶었는데… 오늘은 세상을 한 바퀴 돌
고 그 자리에 선 것 같았다.
 성남이로를 따라가면 빠르다는 걸 알면서도 P는 이
번에도 일로를 걸어 주유소로 왔다. 기다렸다는 듯 손을
흔드는 소장은 코피가 났는지 휴지로 한쪽 콧구멍을 막
고 있었다. 몇 시간 사이에 더 마른 것 같아 미안했다. 아
침부터 카드가 안 되는 손님이 있어 애 먹었다는 푸념을
다 듣고 영감님은 어디 계시냐고 물었다. 조금 전에 화
단에 물 주고 가셨다고 한 후 화장실이 더럽다고 했다.
저 때문에 고생이 많았다며 다음에 밥이라도 사겠다고
하자, 소장은 당연히 해야 할 일이라고 한 후 오후 7시까
지 근무라고 했다. 계산이 정확했다.
 퇴근 시간이 가까워지자 성남로의 교통량이 늘어

났다. 황사와 자동차 배기가스 때문인지 목이 칼칼해 근무복 주머니에서 마스크를 꺼내썼다. 장갑을 끼는 데도 손톱 밑이 기름때로 까맣다. 욕조에 몸을 담그고 싶다는 생각이 소장의 전화를 받고 난 뒤로 더 간절해졌다. 급한 일이 생겼으니 한 시간만 더 근무를 해달라고 했다. 무겁던 몸이 더 무거워졌다.

화단 옆에 의자를 옮겨와서 앉아 있는데 영감이 왔다. 흰머리, 노안용 큰 금테 안경, 체구는 작지만 꽤 꼿꼿했다. 왜 아직도 퇴근을 안 하냐고 묻고는 답을 하기도 전에 밥은 먹었냐고 물어, P는 컵라면을 먹었다고 했다. 주유소는 식사 시간이 따로 없어서 손님이 뜸할 때 요령껏 먹어야 했다. 술을 조금 마셨지, 병은 없습니다. 화단을 들여다보던 영감이 무슨 말이냐는 듯 P를 돌아보았다. 영감님이 병이 있을지도 모른다고 하셨다며 소장님이…. 그 말이라도 해야 가지. 안 그러면 가겠나. 주유소 닫고 학교 갈 생각이던데. 영감은 변명하듯이 말하고 꽃나무의 마른 잎들을 뗐다. 주유소를 닫고요? P는 놀래서 물었다. 기름 팔아서 얼마나 번다고. 영감이 불퉁하니 말했다. 주유소가 기름 팔아 돈을 안 벌면 뭐로…. P는 묻다가 입을 다물었다. 알 것 같았다. 이 정도 땅이라면 큰 건물을 올릴 수 있을 것이다. 어떻게 땅이 사람보다 더 돈을 많이 번단 말인가. 이미 아는 사실인데도 혹 열이 오르면서 힘이 빠졌다. 몸이 안 좋은갑네. 그래도 그렇지, 그렇게 말도 없이 안 오면 우짜노. 영감이 혀를 찼다. 오늘은 내가 소장 올 때까지 주유소를 지킬 테니 가게. 가다가 사우나라도 가고. P는 의자에서 일어나며 아직 3시간이나 남았는데 무슨 말씀이냐고 되물었다. 영감은, 내가 18살 때부터 기름밥을 먹었다며 3시간이 아니라 석 달도 괜찮다고 했다. 곧 승용차 한 대가 들어왔다. 영감이 몇 마디 말을 듣고 능숙하게 주유기 옆에 붙은 현금 입력기에 3만 원을 입력하고 급유기를 뽑아 들었다.

차들이 신호등에 걸린 듯 주유소 앞 도로에 어둠만 엷게 깔려 있었다. P가 텅 빈 거리를 보며 더 어두워지기 전에 댁에 가시라고 하자 영감이 우리 집이 저기라고 고개를 돌렸다. 성남이로 방향. 저기 말입니까. P는 두 고층아파트 사이에 고립되어 있는 매축지 마을을 손가락으로 가리켰다. 영감은 예전 3통에 들어선 아파트라고 했다. 이곳을 떠나기는 싫고, 옛날 집 한 채를 사서 오래 기다렸다고 했다. 주유소 지분 팔아 분담금 내고…. 저 동백과 매화나무는 3통 재개발할 때 가져온 나무고 저 유채꽃은 6통 빈집 앞에서 뽑아온 거네. 수국 화분도. 양곡상회 집 앞에 있는 천리향… 영감이 말을 하다말고 고개를 돌렸다. 경찰차 한 대가 들어오고 있었다. P는 주유기 쪽으로 움직였는데 차는 화단 앞에 가서 멈췄다. 수첩을 손에 든 젊은 경찰이 차에서 내려 영감에게 인사를 한 후 절도 신고가 들어왔다고 했다. 절도오? 영감의 눈이 안경알 안에서 커졌다. 주인 허락 없이 나무와 화분들을 들고 와 이곳에서 키우는 건 절도죄에 해당합니다. 경찰관의 목소리에 힘이 있었다. 빈집에 버려져 있는 걸 들고 온 건데 그게 도둑질이란 말인가? 영감 목의 힘줄이 도드라졌을 것이다. 비어 있다고 해도 주인이 있고 주인이 없다 해도 영감님 거는 아니지 않습니까? 경찰의 목소리도 높아졌다.

"어디 옮겨심기라도 해달라 해도 이 동네는 나무가 잘 자라지 않는다는 말만 하고."

영감이 한숨을 내쉬었다.

"비싼 나무도 아닌데 뭐 하러 욕 들어가면서 이랍니까?"

경찰이 영감을 달래듯 물었다.

"안타까와서 그렇지. 쪼끔이라도 기억해 볼라꼬."

"나무가 무슨 기억을 합니까? 괜히 억지 부리지 마시고… 일주일 뒤에도 이곳에 저 나무와 화분이 있으면 경찰서로 오셔야 합니다."

경찰이 휴대폰으로 화단과 화분 사진을 찍고 돌아섰다.

"근데 누가 신고했소?"

영감이 경찰차 앞에서 한숨을 쉬듯 물었다.

"여러 명입니다. 한두 사람이 아이라예."

경찰이 차문을 열며 겁주듯이 말했다.

영감은 마음이 상한 듯 사무실로 들어가 우두커니 앉아 있었다. 소장님에게 전화해 볼까요? P가 고개를 내밀고 묻자 영감이 꽥 성질을 냈다. P는 놀래서 문을 닫았다.

날이 어두워졌다. 차들이 지나갈 때마다 그 불빛에 사라진 주소와 사라질 주소에서 가져온 나무와 화분들이 잠시 모습을 드러냈다. 개는 다섯 걸음의 냄새만 맡아도 사람이 어디서 걸어왔는지 알 수 있다는데, P는 영감의 역정을 듣고서야 소장도 저 나무와 화분을 좋아하지 않는다는 걸 알았다. 꽃나무 하나 키우는 게 뭐 그리 힘들다고. P는 화단 앞으로 가서 수국 화분을 들어 올렸다 도로 내렸다. 생각보다 무거웠다.

사라지는 것을 위한
가장 내밀한 직접행동

씨앗을 심고 편지를 띄운 돌봄 일지

김대성 (편집자 / 문학평론가)

BBC에서 제작한 기념비적인 다큐멘터리 시리즈 <Planet Earth II>(2016)의 두 번째 에피소드 'Mountains'를 보고서 여러 분야에서 촬영해 온 오랜 친구 박로드리고 세희 감독을 떠올렸다. 알프스산맥에서 독수리 시점 샷을 찍기 위해 촬영감독이 패러글라이더에 초소형 카메라를 장착하고 절벽 사이를 비행하는 장면 때문이었다. 촬영 문법에 얽매이지 않고 새로운 방식의 촬영을 시도하는 데 거리낌이 없는 세희도 어딘가에서 저렇게 무언가를 찍고 있겠구나 싶었다. 틈이 날 때마다 다른 국가로 떠나곤 했던 긴 여정과 그곳에서 무동력 장치를 통해 경계를 넘나들었던 것 또한 세상을 나름의 눈길로 촬영하고자 한 탐험이겠구나 하는 생각이 들어 그 마음을 문자 메시지로 보낸 적이 있다. 2024년 여름 무렵, 국제환경단체 '그린피스'가 제작한 다큐멘터리 영화 촬영을 마쳤다는 소식을 듣고* 세희와 오랜만에 만난 자

---

* 박정례·이지윤, <씨그널: 바다의 마지막 신호>, 2025.

리에서 영화를 만든 것처럼 그린피스와 함께 소설집을 만드는 막연한 바람에 관해 이야기를 나누었다. 그 이야기가 씨앗이 되어 그해 늦가을쯤 그린피스 서울 사무소에서 운영진과 처음 만났다. 그린피스는 그간 대중문화에서부터 예술에 이르기까지 영역 구분 없이 다양한 방식의 협업을 해왔지만 문학과는 접점이 없었기에 작은 출판사로부터 소설집을 함께 만들어보자는 제안이 한편으론 가늠이 되지 않았을 거고 또 한편으론 새롭게 다가왔겠다고 짐작한다.

사라지는 것을 위한 애도

협업 제안이 성사되기 전에 나는 '직접행동'을 촉구하는 캠페인을 주요 활동 방식으로 삼아 온 그린피스가 한국 문학과의 협업으로 기왕의 방식과는 다른 결이 새겨지면 좋겠다는 바람을 품었다. 이벤트적인 협업이 아니라 한국 문학과 어깨동무하며 새로운 걸음을 내딛는 데 기획과 출판이라는 방식을 통해 북돋고 싶었다. 그리고 참여할 작가들이 이 협업이 갖는 의미에 짓눌리거나 작품이 다다를 곳을 미리 정해두지 않도록 이끄는 게 중요하겠다 싶었다. 그런 까닭에 '사라지는 것에 대한 애도사'라는 구절을 맨 앞자리에 놓아두었다. 무언가를 지키

자는 직접적인 메시지보다 지금 사라지고 있거나, 사라져 버렸다는 사실조차 알아차리지 못한 채 더 이상 흔적을 찾을 수 없는 것에 관한 이야기를 모아본다면 소중히 여기며 지키고자 하는 마음이 싹틀 수 있는 터가 되지 않을까 싶었기 때문이다. 나는 노트를 펼쳐서 서둘러 다음과 같은 문장을 써두었다. "이 소설집은 희박해지는 환경과 사라지는 생명체種, 소수 민족과 언어, 삶터에서 흔적을 찾기 어려운 장소, 어느 사이에 사라진 감정과 마음, 더 이상 품지 않는 꿈과 희망을 다섯 소설가의 고유한 목소리를 통해 부르고 기록하는 작업이다."

'사라지는 것'에 보내는 애도사는 한국문학이 오랫동안 집중했던 주제이기도 하다. 빈번히 일어나는 사회적 참사나 재난이 일상화되면서 애도와 문학은 이제 한 몸처럼 되었다고도 할 수 있다. 애도는 슬퍼하거나 떠나보내는 것만이 아니라 존재의 취약성과 상호의존성을 다지는 힘이기도 하다. 그린피스라는 국제환경단체가 한국문학과 협업한다는 점은 기후 위기나 파괴되는 지구환경에 관심을 가져야 한다는 주제적인 접근을 넘어서 문학의 존재 기반을 다시금 되묻는 일과 이어질 거라는 생각을 했다. 직접행동을 바탕으로 하는 환경운동뿐만 아니라 소설이라는 틀을 통해서 문제의식을 확장하는 시도가 이 어깨동무에 얽혀 있다고 생각했다.

잠재적 활동가로서의 작가와 독자
─읽고 쓰는 행위가 직접행동이 될 때

『변화하는 행성 지구를 위한 문학』(마틴 푸크너, 김
지혜 옮김, 문학과지성사, 2025)에서 글쓴이는 "모든 텍
스트와 장르는 환경적 읽기가 가능하다"(45쪽)고 말한
다. 본래 문학은 기후변화를 초래하는 인간의 생활 방식
과 연루되어 있기 때문이다. 이어서 "세계문학의 텍스트
중에 기후변화의 기록이 아닌 것은 없다"(55~56쪽)라
는 주장을 한다. 기후 재앙에 이르게 된 인간의 결정과
습관은 아주 오래전에 시작되었는데 가령, 농경 생활과
자원 추출로 이끈 가치들을 정당화하는 서사와 이어져
있어서다. 더 좋은 차와 더 넓은 집을 소유함으로써 더
편하고 나은 삶을 살고자 하는 욕망이 탄소 경제를 이끌
어가는 주된 추동력이라는 점을 생각해본다면 "기후 위
기는 문화의 위기이며, 곧 상상력의 위기이기도 하다"*
는 진단을 받아들일 수밖에 없다.

　　작가와 작품은 우리 감각으로 인지하기 어려운 위

---

* 아미타브 고시, 김홍옥 옮김, 『대혼란의 시대』, 에코리브르, 2021.

험을, 상상력을 통해 이해할 수 있게 이끄는 역할을 한
다. 다시 말해 문학적 상상력은 우리에게 보이지 않던
것을 보이게끔 드러내는 역할을 한다는 점에서 작가는
또 다른 의미의 활동가다. 작가가 늘 잠재적인 활동가
일 수 있는 까닭은 그들 곁에서 읽고 이야기 나누는 읽는
이, 독자가 있기 때문이다. 독자야말로 언제라도 활동가
가 될 수 있고 이미 오래전부터 활동가로서 역할을 해오
고 있다. 무엇을 읽는지만큼이나 어떻게 읽는지도 중요
하다. 마틴 푸크너는 환경적 읽기가 탈식민주의적 읽기
와 다를 바 없다고 말하는데, 사실주의 작품들 속에 식
민주의가 스치듯이 지나가며 등장하는 짧은 순간을 포
착해 이를 비평적으로 검토하는 것처럼 자연과 얽힌 우
리의 이야기가 어디에서 왔으며 무엇을 구분하고 구별
짓는지 주목하자고 제안한다. 이 같은 다른 읽기를 통해
우리 삶과 문명이 진화한 과정을 추적하고 우리를 농경
생활과 자원 추출로 이끈 가치를 정당화하는 서사와 그
간 우리가 해온 집단적 선택을 비판적으로 이해할 수 있
다는 것이다. 이른바 인간다움과 시민다움이라는 보편
가치가 탄소 경제를 바탕으로 한다는 점, 이 같은 굴레
에서 벗어나기 위해선 문학사 전체를 새로운 방식으로
읽어 나가야 한다는 것이다.

'하나'에게

나는 작가들을 섭외하고 원고 청탁서를 쓰는 동안 노르웨이 스발바르 '국제 종자 저장고'*를 떠올렸다. 이 소설집에 인류가 지켜내려는 오늘의 씨앗이 깃들어 있겠다는 예감을 하면서 말이다. 원고 청탁서엔 두 가지 이야기를 담았다. 첫째, 한 사람 혹은 하나를 향한 기도. 멸종위기종에 메시지를 전해야 한다면 무엇을 적어야 할까. 사라지고 있거나 사라진 존재, 장소, 문화, 감정에 관한 이야기. 수록될 각각의 소설은 사라질 존재를 지켜내려는 애씀이면서 사라져 버린 존재를 기억하고 애도하는 일과 이어진다. 이 애씀과 애도는 편지라는 내밀하고 간곡한 글쓰기—말하기 방식으로 구현됨으로써 사라졌거나 사라지고 있는 한 사람, 그리고 지켜야 할 하나를 부르는 노래이자 기도가 된다.

둘째, 편지. 편지는 한 사람에게 가닿기를 바라는 마음으로 쓰는 글이다. 편지를 받은 이는 편지를 보낸 이의 마음을 헤아리며 읽는다. 편지를 주고받은 이들은 안다. 편지를 쓴다는 건 쓸 수 없는 걸 쓰려고 하는 애씀이며 편지를 읽는 것 또한 읽을 수 없는 것을 읽으려 하

---

* 캐리 파울러, 허형은 옮김, 『세계의 끝 씨앗 창고』, 마농지, 2021.

는 애씀이라는 것을. 그렇게 전달(불)가능한 것을 건네는 동안 책임responsibility이라는 문화가 깃들어 온 게 아닐까. 한 사람이 한 사람에게 메시지를 전하고 응답하며 지켜내는 편지는 오래전부터 곳곳에서 소리 없이 이어온 주고받음의 운동이기도 하다. 인류가 그 일을 해왔다고 여기지만 실은 글자가 없을 때부터 존재와 사물이, 지구와 행성이 이어온 생명 운동이라고 봐야 한다.

이어지는 이야기는 내가 먼저 열어본 편지 다섯 통에 보내는 짧은 답장이다.

해체되는 몸으로 써 내려간 사랑의 기원

김멜라의 「물먹은 편지」는 갑작스러운 죽음을 맞이한 이가 강물에 휩쓸려 내려가며 남긴 마음을 글로 옮겨 쓴 소설이다. '검저리'의 몸이 물결에 깎여나가며 점점 희미해져 가는 동안 그이가 남기는 유언이자 고백과도 같은, 가닿을 수 없는 편지는 흐르는 동안 더욱 뚜렷해진다. 원시 공동체의 삶과 죽음을 교차시키며 언어가 없던 시대의 사랑과 슬픔을 절절하고 유려하게 그렸기에 그 흐름을 따라가는 것만으로도 이 작품을 충분히 누릴수 있다. 나는 이 작품이 나아가고자 하는 방향이 어디

인지를 함께 찾아보고 싶기도 하다. 글자가 없던 시대의 쓰기를 그려내고 있다는 점, 그 쓰기가 몸의 해체와 이어져 있고 그와 동시에 사랑을 둘러싼 역할과 수행성에 관한 질문을 품고 있다는 점에서 정상성을 바탕으로 증식하는 오늘의 글쓰기를 들추어보는 일을 한다고 생각한다. 글자도 없고, 도끼로 벽에 무늬를 새길 수 있는 몸도 없는, 그야말로 '쓸 수 없음'을 조건으로 써 내려가는 이 편지에 의해 시공간은 해체되면서 다시 순환한다.[*] "끝나지 않는 모든 마음은 한 통의 편지"(19쪽)라는 명제를 따라 흐르는 이 소설은 어쩌면 글자가 태어나는 기원을 새로운 방식으로 발굴하려고 시도하는 것처럼 느껴지기도 한다.

죽어가는 세계를 가로지르는 생명의 경이로운 순례

김보영이 쓴 「축제」는 상반신은 포유류, 하반신은 어류인 인어들이 번식을 위해 성지 아우라지로 향하는 험난한 순례를 다룬다. 이들은 생존을 위해 직관적이고

---

[*] "그런데 뒤가 어딜까. 위와 아래는 어떻게 구분할까. 두 팔을 잃은 검저리는 그 팔로 가리키던 방향을 잊는다. 두 다리를 잃은 검저리는 무릎에 힘주고 뛰어내리던 강둑과 바위의 높이를 잊고 만다." 김멜라, 「물먹은 편지」, 24쪽.

빠른 판단으로 가족을 새로 구성하거나 지위를 계승하며, 인후人猴라 불리는 영장류 종족과 공생하며 거대한 폭포와 지형 변화라는 장애물을 넘으며 나아간다. 작품 속에서 '주검'으로 묘사되는 존재는 생태계를 파괴하고 독성을 내뿜는 기계 혹은 문명이 가하는 위협을 떠올리게 하는데, 주인공 '리로'와 그 일행은 죽음으로 물들어가는 세상과 마주하면서도 생명의 이어짐과 연대를 포기하지 않는다. 이 소설은 한 종족이 멸종위기에 처한 상황 앞까지 우리를 이끌지만 그럼에도 뚜렷하게 남는 건 신성한 생명의 축제, 삶이 꽃처럼 피어나고 물처럼 어우러지는 순간, 낯선 이와 친근한 이가 하나 되는 기적, 이어짐으로 피어나는 환희다. 그리고 서로의 아름다움에 이끌리며 경이와 호의, 너그러움이 물결치며 솟아오르는 생명의 활력이다.

조각난 문장을 타고 떠도는 빈자리

김숨 작가의 「이곳은 정류장이 아닙니다」는 한국 사회의 경계에 머무는 이주 노동자와 난민의 삶을 여러 버스 정류장을 배경으로 그려낸 시적 산문이다. 고성, 속초, 김포, 양산에 실재하는 장소를 축으로 삼아, 고향을 그리워하면서도 생존을 위해 낯선 땅에서 삶을 일구며 꿈꾸기를 이어가는 이들의 목소리가 파편적으로 이어진다.* 이들에게 정류장은 단순히 버스를 기다리는 장소가 아니라 정착하지 못한 채 유예된 시간과 단절된 가족을 향한 그리움이 교차하는 불안정한 경계 공간을 가리킨다. 점점 텅 비어가는 이 버스 노선이 어쩐지 1990년부터 중국 연변에서 불기 시작한 코리아 드림의 이동 경로나** 멀리 떨어진 카리브해의 노예선 항로(16~19세기)로 이어져 있지 않을까 싶지만, 그 궤적은 누군가 뒤쫓지tracing 않으면 절대 드러나지 않는 흔적처럼 여겨졌다. 이 소설에 나오는 지역으로 가서 소설 속 인물들과 이야기를 나누었을 것으로 짐작되는 김숨은 그들의 이야기와 목소리를 점점 희박해지는 말로, 파편화되고 조각난 한국어Fragmented korean로 그려낸다. 말의 밀도가 점

---

* 이웃나라 일꾼 이름을 여기에 가지런히 다시 적어두고 싶다. 말레이시아에서 온 '마하', "뗏목 위 난민들처럼" 힘겹게 건너온 '가브리엘', 스리랑카에서 온 '프라딥', 방글라데시에서 온 '알리', 네팔에서 온 '수아나'. '샨티', '우다야', 그리고 '소피아', "집에서 잠 못 자. 그게 난민이야", "집에서 밥 못 먹어. 그게 난민이야.", "집에 나 기다리는 사람 없어. 그게 난민이야"라고 말하는 '묘티하', 집에 못 간지 7년이 넘은 미얀마에서 온 어느 목소리. 그이 이름을 알 수 없기에 그 목소리가 흐르던 '김포 마송 정류장'을 적어두어야겠다. 그리고 베트남 하노이에서 80km 떨어진 곳에서 온 한 소년.

** 권준희, 고미연 옮김, 『이주, 경계, 꿈』, 생각의힘, 2025.

점 희박해지고 여백이 많아지는 서술 방식은, 읽는 이로 하여금 그 '빈자리'에 머무는 존재들을 더 깊이 응시하게 만든다. 더불어 완결되지 못한 문장은 그들이 한국 사회라는 거대한 텍스트 안에서 온전한 문장(시민)으로 편입되지 못하고, 행간의 여백이나 각주처럼 떠돌아야 하는 현실을 비춘다.

어떤 식으로든 손으로
—'에서'에서 '에게'에게

어쩐지 비슷한 듯 보이면서도 늘 예상을 훌쩍 벗어나는 소설을 써온 박솔뫼는 물리적 거리와 시간의 흐름 속에서 타인과 연결되려는 인물의 마음을 탐색한 「까마귀에게」를 보내주었다. 주인공 애리는 여행 중인 재윤이 보내오는 엽서 속 까마귀와 나무 그림을 매개로 보이지 않는 상대와 시간을 공유하며, 그렇게 희미하게 연결된 끈으로(마치 실로 길게 이은 종이컵 전화기처럼) 일상의 미세한 소리와 풍경을 통해 자기 감각을 확장해 나간다. 소설은 기후 변화로 커피가 귀해진 근미래 배경 속에서 고립된 생활을 이어가는 인물이 편지와 산책이라는 느린 행위를 통해 서로에게 닿으려는 과정을 세심하게 그리는데, 그 걸음을 천천히 따라 걷다 보니 흐릿해지는 과거의 흔적과 고단한 현재 사이에서 타인의 목소리에 귀를 기울이는 행위가 삶의 새로운 지평을 여는 것처럼 느껴졌다. 재윤이 여행지**에서** 애리**에게** 보내는 엽서를 다시 펼쳐 읽고 싶다. 그 엽서는 "자신의 시간을 가르고 접고 보내"(158쪽)는 행위로 인식된다. 재윤은 엽서에 까마귀 그림이나 잎이 없는 겨울나무를 그려 보내는데, 애리는 재윤의 시간과 감각을 공유받으며 자신의 일상에서 또 다른 존재들을 느끼게 된다. 소설 속에서 애리는 편지나 엽서를 쓰진 않지만 어떤 식으로든 손으로 하는 일을 이어가려 하기에 나는 그 걸음이 사라지는 것들의 흔적을 붙들고서 내내 누군가에게 엽서를 쓰고 있는 것처럼 여겨졌다.

호미로 하는 애도

"내가 밟지 않은 곳의 이야기는 쓰지 못해요." 사람이 말하는 건 잘 믿지 않지만 장소는 거짓말을 하지 않는다며 어떤 장소에 가면 감각이 '확'하고 열린다는 말을 내게 해준 정영선 작가는 일제강점기 때 매축되어 한국전쟁, 산업화 시대 많은 사람의 보금자리 역할을 한 마을, 부산 범일 5동에 관한 이야기를 들려준다. 「매축지 마을 수국 화분」은 자본과 개발의 논리에 의해 지도

에서 지워져 가는 장소인 '매축지 마을'을 기록하며 애도한다. 작품은 텅 비어가는 마을에 버려진 식물을 주유소 화단으로 옮겨 심으며 기억을 붙잡으려는 노인과 공유재인 바다조차 사유화되는 현실에 무력감을 느끼는 P의 모습을 나란히 놓아둔다. 나는 이 소설이 '호미로 하는 애도'로 읽혔다. 이 소설에서 '호미'는 거대한 굴착기에 맞서 기억을 발굴하고 보존하려는 육체적인 행위로 쌓는 애도의 도구로 기능하기 때문이다. P는 파낸 흙에 물을 부어 '부모님 제사상'에 올리려 하는데 이는 물리적으로 사라진 집과 마을을 대신해, 그 장소가 품고 있던 시간과 냄새를 제물로 바치는 행위다. 호미질은 단순한 흙 파기가 아니라, 시멘트로 덮여가는 세상 아래 숨 쉴 틈 없이 묻혀버린 과거의 시간을 발굴해 내는 제의적인 몸짓인 셈이다. 노인은 재개발로 비어버린 6통의 집들에서 동백, 매화, 수국 화분을 가져와 주유소 화단에 심는데, 법의 언어는 이 행위를 '절도'라 규정하지만, 이는 사라질 생명과 기억을 구출하는 '이주migration'이자 '보존' 행위다. 그렇기에 나는 이 소설에서 호미를 보며 사라지는 것을 향해 몸을 구부려야만 가능한 겸허한 애도를 떠올리게 되는 것이다.

허물어져 가는 행성 위에서

　　이 소설집에 실린 다섯 편의 이야기는 오랫동안 품었다가 비로소 멀리 보내는 '마음의 씨앗'이자 '한 사람'에게 가닿기를 바라며 쓴 기나긴 편지와도 같다. 편지를 쓰고 읽는 행위 속에 깃든 간절한 애씀이 차가운 보관소에 잠든 종자가 그러하듯 언젠가 찾아올 적절한 온기를 기다리며 숨을 고르고 있을 것이다. 이 책이 문학이라는 가장 느리고도 내밀한 직접행동을 통해, 사라지는 것을 생명의 터로 다시 불러들이는 손짓이길. 기후 위기로 인한 희박해지는 환경과 멸종 위기 앞에서 이 소설들이 건네는 간곡한 기도가 누군가의 마음속에 가닿아 응답을 불러일으킬 때, 우리는 다시금 생명의 연결망을 이을 수 있는 힘을 얻을 수 있지 않을까. 문학이 건네는 이 느리고도 오랜 연대가, 허물어져 가는 행성 위에서 우리가 서로를 포기하지 않을 수 있는 질긴 힘이 되어주기를 바란다.

그린피스와 함께 작은 씨앗을 심는 데 손길을 보태주신 분들

강규수	강나래	강남임	강다영	강민형	강보현	강선영
강성란	강성민	강영옥	강완모	강원진(클린스타)		강유미
강윤희	강을순	강종근	강지영	강태연	강효림	고경심
고다영	고민지	고영주	고은영	고은호	고이석	고정범
고정옥	고화선	고희라	공미애	곽성은	곽승지	곽연희
곽정애	권경훈	권령현	권민경	권예지	권오태	권윤희
권은희	권희숙	기예슬	길성삼	길종구	김가윤	김각균
김경림	김경식	김경옥	김경화	김고운	김관주	김귀옥
김규원	김근영	김근희	김금기	김기선	김기순	김기태
김기훈	김길환	김나연	김나영	김남은	김다영ㄱ	김다영ㄴ
김대숙	김대영	김대욱	김대원	김덕윤	김도경	김도준
김도진	김동한	김두형남심원김서윤		김만석	김명중	김명호
김문환	김미나	김미림	김미숙ㄱ	김미숙ㄴ	김미아	김미애
김미영	김미자	김미정	김미희	김민	김민기	김민영
김민채	김민형	김밈수	김별	김병준	김병휘	김보경
김보영	김보현	김본임	김봉춘	김상희	김생환	김서영
김석범	김석현	김선경	김선숙ㄱ	김선숙ㄴ	김선옥	김선정
김성경	김성덕	김성민	김세미	김세헌	김세화	김소연
김소영ㄱ	김소영ㄴ	김소희	김수경ㄱ	김수경ㄴ	김수미	김수민
김수연	김수현	김순	김순애	김순희	김승열	김양희
김연수	김연정	김영	김영경	김영규	김영남	김영미
김영운	김오순	김용	김용호	김우영	김원철	김원태
김유림	김유흥	김은미	김은서	김은선	김은영ㄱ	김은영ㄴ
김은옥	김은주	김은지	김이은	김자량	김자옥	김재원
김정렬	김정미	김정원ㄱ	김정원ㄴ	김정은	김정임ㄱ	김정임ㄴ
김정희ㄱ	김정희ㄴ	김종박	김종윤	김종철	김종한	김주은
김지선	김지영	김지은	김지혜	김진겸	김진욱	김진환
김진희ㄱ	김진희ㄴ	김진희ㄷ	김패수	김태균	김태영	김태용
김태진	김태호	김하생	김한나	김해영ㄱ	김해영ㄴ	김해주
김현수	김현숙	김현자	김현정	김현주ㄱ	김현주ㄴ	김현주ㄷ
김현진	김현화	김형옥	김형준	김혜선	김혜옥	김혜원
김홍구	김화영	김효경	김효중	김효진	김희식	김희진
나금옥	나룰독서토론논술	나명진	나해니	나현웅	나희덕	

남규현	남상헌	남상희	남순태	남주원	노강윤	노나리
노선우	노수현	노주현	노찬수	노찬오	달리는 거북이	
도상록	도승자	도창교	동빈	라승호	루티너스25 김지수 외 22명	
류경옥	류동주	류선희	류성민	류은경	류재향	류진
문기림	문명희	문성욱	문성환	문소영	문원주	문철훈
문향란	민경숙	민복숙	민승현	민윤기	민지현	민채영
민현경	박경혜	박근용	박기범	박기수	박기영	박남춘
박달순	박달준	박래문	박미선	박미정ㄱ	박미정ㄴ	박미향
박민영	박상완	박선미	박선아	박선영ㄷ	박선영ㄹ	박선영ㅁ
박선용	박선자	박세나	박세민	박세영	박수봉	박수정
박수진	박수현	박숭…ㄱㄴ	박승범	박애란	박영철	박용준
박우기	박유나	박유라	박윤숙	박은정	박은주	박은혜
박은화	박은희	박이주	박인수	박인호	박재하 브런치작가	
박정미	박정민	박정석	박정애	박종민	박종순	박종택
박주영	박중희	박지민	박지애	박지우	박진경	박진숙
박진우	박찬훈	박창분	박철규	박현옥	박현이	박현주
박현희ㄱ	박현희ㄴ	박혜상	박혜선	박효일	배은정	배정란
백두산	백연희	백장미	백한교	변수연	변정희	봉공진
서동희	서문효진	서봉애	서성완	서숙자	서순진	서영조
서용호	서원자	서은실	서지우	서화린	석미옥	석숙희
석혜선	성명자	성인준	성진숙	성현미	손수정	손수진
손영애	손옥태	손은하	손인귀	손종식	손진리	손형선
손혜미	송만오	송미경	송미라	송병창	송보경	송송이
송순영	송영아	송정인	송종원	송한별	송효진	송희성
송희호	시윤정	신가연	신광호	신기화	신미정	신수진
신영민	신영선	신영숙	신윤순	신인선	신정민	신종욱
신주원	신태정	신현주	신혜원	심규목	심지연	심혜인
안경진	안기흥	안도유	안명희	안병숙	안병훈	안영주
안영희	안윤경	안윤주	안정인	안종선	안혜경	안희영
양경화	양다휘	양미혜	양보나	양세진	양승준	양아름
양영순	양예나	양인옥	양중식	양향옥	어은경	엄효순
연소령	영실	예명희	예희경	오명식	오범근	오상기
오선화	오세경	오소영	오정남	오정우	오주희	오한결
오현숙	오현영	오희경	올리베따노 성 베네딕도 수도회			우민서
우서진	우자영	우태환	원유일	유광동	유동형	유명희
유성희	유수민	유시현	유영선ㄱ	유영선ㄴ	유예열	유예진

유정윤	유지영	유철인	유현재	유환일	육문균	윤건호
윤나영	윤민희	윤선미	윤성배	윤신애	윤영빈	윤원일
윤은미	윤정임	윤정환	윤철수	윤태석	윤한나	윤홍빈
이건행	이경민	이경선	이경연	이경자	이경진	이경훈
이광묵	이교정	이기완	이기행	이길무	이나겸	이나경
이나영	이나원	이나윤ㄱ	이나윤ㄴ	이다은	이도우	이동헌
이만교	이명숙	이명재	이명희	이미령	이미림	이미자
이민영ㄱ	이민영ㄴ	이민진	이범석	이병석	이병환	이상숙
이상용	이상일	이상재	이상훈	이서영	이석렬	이석환
이선교	이선숙	이선재	이선화	이성실	이성철	이성호
이소연	이소영	이소현	이순옥	이순희	이승경	이승근
이승민	이승순	이승하	이애령	이영미ㄱ	이영미ㄴ	이영선
이영숙	이영순	이오연	이우창	이원앵	이유나	이은경
이은혜	이인순	이자영	이장호	이재철	이점식	이정석
이정은	이정현	이종성	이종연	이종준	이종춘	이종현
이종화	이주열	이지영	이지원	이지후	이진호	이차은
이창원	이창조	이천수	이충희	이태연	이하경	이하연
이하정	이한도	이한주	이현교	이현승	이현옥	이현정
이혜정	이홍우	이화임	이효은	이희복	임명희	임병선
임성남	임수현	임순옥	임승경	임연아	임영식	임영우
임영진	임재천	임제영	임지은	임지현	임채민	임청실
임형수	임홍지	장갑기	장달배	장미주	장서휘	장소영
장수철	장순우	장승은	장용덕	장윤선	장일	장창석
장혜경	장혜진	전가람	전미란	전승호	전연배	전연생
전연초	전영	전옥순	전월자	전재영	전제숙	전지민
전찬혜	전현주	전혜란	전혜정	전희영	정(씨)직원	
정길하	정난영	정다감	정동욱	정미연	정민경	정민숙5434
정민옥	정보경	정선은	정선혜	정소라	정소연	정수지
정순향	정승희	정영경	정영도	정영륜	정영아	정영옥
정영준	정윤희	정은지	정의숙	정재배	정정인ㄱ	정정인ㄴ
정정희	정종혁	정준섭	정지연	정지혜	정차순	정태영
정하린	정헌도	정혜진	조경미	조나영	조남윤	조대형
조미경	조민정	조선민	조성윤	조성호	조수현	조수희
조연옥	조영수	조영숙ㄱ	조영숙ㄴ	조영희	조유경	조유민
조은교	조은나	조은실	조은지	조인선	조인용	조재성
조재현	조지용	조창인	조태영	조한걸	조현정	조혜영

조혜진	주상일	주종두	주현나	지성후	지수근	지정석
지효민	진옥희	진용선	진용섭	진우현	진윤희	진희정
차미령	차승희	차지혜	채금숙	채수미	채수희	채윤정
채은경	최광원	최명숙	최민서	최보건	최보윤	최복자
최선미	최선영	최성대	최성훈	최순애	최승옥	최아름
최연지	최영대	최영숙	최영은	최용준	최우현	최유진
최윤석	최의정	최인선	최정윤	최종엄	최종일	최지승
최충렬	최태룡	최하진	최한종	최혜경	최혜수	최혜진
최희식	추연두	추지영	하홍자	한가현	한경아	한명관
한미리	한상국	한세희	한수연	한아름	한윤복	한정선
한정아	한주희	한지수	한지혜	한희석	한희정	함상호
함승주	함영의	허세진	허태화	현명호	현재영	현지은
현천고 인터뷰팀		홍경순	홍경표	홍석정	홍성윤	홍수찬
홍승표	홍연주	홍영아	홍은실	홍은정	홍정민	홍종연
홍지영	홍희류	황귀숙	황규희	황명식	황설빈	황성희
황수진	황영	황영남	황유진	황인재	황인정	황인혜
황지선	황지예	황한나	황혜선	Bae배은숙	jinjoohj	RYU MIKYUNG

표지로 쓴 삼원페이퍼의 '아큐렐로'와 내지로 쓴 한솔제지의
'클라우드'는 모두 FSC(책임 있게 관리된 산림 자원에서 나온
펄프를 사용해 제조된 종이로, 산림 보호와 지속 가능한 산림 경영을
인증한 제품) 펄프 및 지구 환경에 미치는 영향을 고려해 다이옥신 발생을
줄인 무염소 표백(ECF) 펄프를 사용한 친환경 종이입니다.

한 사람에게

첫판 1쇄 펴낸날   2026월 2월 28일
지은이   김멜라 · 김보영 · 김숨 · 박솔뫼 · 정영선
기획·편집   김대성
디자인   서주성
협력·후원   그린피스

펴낸이   김대성
펴낸곳   곳간
출판등록   2021년 10월 25일(제2021-000015호)
주소   부산시 중구 동광길 42 6층 601호
Email   goatganbooks@gmail.com
Fax   0504-333-1624
인스타그램   instagram.com/goatganbooks
페이스북   facebook.com/goatganbooks
블로그   blog.naver.com/goatganbooks

ISBN 979-11-978685-5-9 03810

이 책은 그린피스 GREENPEACE 서울사무소와 협력하여 만들었습니다.
책 판매를 통해 발생하는 수익금 10%를 그린피스에 후원합니다.